U0032109

百鬼夜行
百鬼夜行—卷4—
火焚鬼
笭菁 著

百鬼夜行—卷4—火焚鬼

（※本故事內容純屬虛構，如有雷同，純屬巧合。）

目次

楔子

女孩直起酸爆的腰，揮汗如雨的看著這八坪的套房雖然不大，但打掃起來卻也相當累人，不過好不容易換了新地方，當然得好好的整理出一番新氣象。

「累死我了！」她將自己摔入懶人沙發中，「我應該去買鹽酥雞，配瓶啤酒，好好爽一下！」

才說著，手臂上停了一隻巨大的蚊子，女孩啪的一掌打扁。

可惡啊，居然有這麼凶狠的蚊子！女孩趕緊把捕蚊燈拿出來，聽說放得太低是沒有用的，所以她索性擱在沙發上，將屋子裡的燈全關掉，讓捕蚊燈成爲黑暗中唯一的亮光，然後出門去買了晚餐。

啪！捕蚊燈發出驚人電擊音，瞬間有道小火花一閃而逝。

啪！又一記，屋子裡的蚊子前仆後繼，如同飛蛾撲火，啪啪啪的響個沒完，同時火花也不停照亮著整間屋子……而在捕蚊燈中，彷彿有個影子在遊走。

女孩買好晚餐回來，滿足的坐在小桌子邊吃，正如她設想的，還買了罐冰涼的啤酒，邊看手機一邊吃飯，坐在地板、背靠著沙發，享受著在新家的片刻。

「啪！」聲音突然響起，嚇了女孩一大跳！

「哇！」她驚恐的回頭，「這麼大聲喔……」

不過有響聲代表有蚊子飛入，聲音越大爽度越高，她並不以爲意，鼻息間卻隱約的聞到焦味，那應該是蚊子被電乾的味道吧？

難怪回來都沒蚊子叮咬了，她開心的收拾桌面，辛苦一天，是該好好洗澡，早點上床休息囉！

啪！捕蚊燈響亮的聲音偶爾還是會接續傳來，頻率多到女孩都懷疑自己家裡眞的有這麼多蚊子嗎？

而且……爲什麼連空氣中都有焦味了？

啊！她嚇得關上水龍頭衝出來，想起她是把捕蚊燈擱在沙發上的，焦急的拿下來，深怕是因爲接觸而導致沙發燒焦……不過她仔細檢查沙發時，卻發現其實下方是塑膠，不太可能直接燒到沙發的。

「這股焦味是哪來的？」她用力吸了吸鼻子，認眞的嗅聞著，循著氣味希望找到來源。

這麼嗅著嗅著，終於來到了捕蚊燈邊。

「最好是，蚊子可以焦到味道這麼重？」她碎碎唸著，將集蚊盒的抽屜打開，「我看看電死了幾隻——」

淡藍色的集蚊盒裡，乾乾淨淨，一隻蚊子都沒有。

咦？

女孩愣住了，盒子太乾淨，她都不需要懷疑有沒有藏到哪兒，裡面一具蚊子乾屍都沒有……她困惑的朝裡看去，因爲每次蚊子都會落進盒裡時常會掉到一旁，但這台捕蚊燈使用已久，裡頭有很多陳年的乾屍，讓她一時也分辨不清。

「不可能吧，響個不停卻一隻都沒抓到，那飛進去的是什麼？」她把盒子放回去，想著應該只是沒掉進集蚊盒裡了吧。

不希望想太多，但是隨著空氣中飄來的燒焦味，最終還是讓女孩關掉了捕蚊燈。

味道越來越重，她深怕是電器出了問題。

洗過澡後，連跟男友聊天的氣力都沒有，好不容易搬家清掃結束，她只想要好好睡一覺。

原本新屋裡滿是剛粉刷過後的油漆味，但沒想到突然就被隱隱的焦味覆蓋了。

不安的再次檢查屋內所有的電線，不用的電器她都關閉電源後，只留了地板的一盞夜燈，才勉強安心入睡；也不知道是不是因爲在房間裡待久了，還是眞的味道已經散去，總之焦味已經聞不太到了。

惺忪雙眼緩緩闔上，過於疲憊的女孩很快就沉沉睡去。

但屋內所有的插頭開始迸發出些許火光，微弱的火星在插座間閃爍，即使是關閉電源的延長線上頭也一樣，橘色的小火星啪啪的閃耀著。

小夜燈的燈開始跳躍閃動，插頭上的火星更加閃耀，並且落在了地板上那堆明天她要拿去廢紙回收的紙堆中。

「啪！」又是一陣捕蚊燈的巨響，直接把女孩嚇醒！

「哇呀！」她是整個人跳起來的，腦袋一片空白，茫然的還不知道發生什麼事！

坐起身的她往左邊看去，地上的捕蚊燈曾幾何時亮起，而捕蚊燈後的紙堆居然冒出了煙？

等……等等，她捕蚊燈不是關起來了嗎？緊張的要掀被下床，捕蚊燈卻開始如鞭炮般的響了起來！

「啪！」「啪！」「啪！」「啪！」，火花隨著每一次的啪聲中亮起。

「呀……哇啊！」女孩一隻腳都放在地上了，但是卻被這詭異場景嚇到了，這是蚊子大軍撲向捕蚊燈嗎？怎麼可能會有這麼多的響聲？

亮起的火花幾乎都要照亮房間了，女孩這時也才注意到，她的小夜燈什麼時候熄掉了？

煙火與焦味迅速傳來，背景音樂是嚇人且連續不斷的啪擊聲，女孩不能再猶豫，她趕緊跳下床，衝進浴室就要盛水……隨手扳動了浴室開關，又是啪的一聲，火花與電直接炸開開關，也炸到她的手！！

「呀！」女孩疼得縮回手，同時間捕蚊燈也暗去，那持續不斷的啪聲與火花跟著消失。

但是，角落那堆紙裡的火光亮起了。

「天哪！」女孩回身想抓過手機照明，但這是新屋新擺設，她什麼都還不熟悉的情況下，輕易就被自己的床角絆倒，啪的一聲撞得亂七八糟！「嗚……」

摸黑伸手在床上摸索手機，好不容易抓到後趕緊打開手電筒，先衝進浴室裡拿臉盆盛水，跑到廢紙堆旁時，火早已燒起，她也不管屋子是不是今天才清理好，先澆水再說！

唰啦一盆水倒下去，火熄後冒出大量的黑煙，嗆得女孩不得不閃躲避開，咳嗽咳個不停的她，雙眼也被嗆到飆淚，只得蹲下閃躲。

這盆水應該就能把火澆熄了吧？應該不需要再叫消防車了？用手想把那些灰煙撥開，她不停的咳著，這燒焦味眞的太可怕了，嗆到她都無法呼吸了！

手電筒拿起來仔細照著那疊廢紙，星火燎原的道理她懂，問題是這堆廢紙是怎麼莫名其妙燒起來的？

起身試著開燈，一屋子的燈全部都失效，女孩無助的站在原地，不明白好好的爲什麼電箱會燒掉？就因爲她剛開了浴室燈？還是因爲起火？

廢紙在地板上，電箱在上方啊，這八竿子打不著的位置到底是怎麼牽連的？剛被驚醒的她根本腦子一團亂，她還在思考著，客廳中間那紫白色的捕紋燈，突然之間噠噠噠的……亮了。

咦？女孩當場傻在原地，因爲她的腳尖前就是延長線插座，一個插座一個開關，插座上的開關全數暗著，毫無通電的狀態……更別說，她屋子裡的電箱不是燒掉了嗎？

那捕蚊燈是怎麼亮的？

跟著，啪——又一聲巨響伴隨著火花，女孩嚇得失聲尖叫。

「哇呀！」她整個人幾乎是跳起來的。

但捕蚊燈沒停，再度跟剛剛一樣，啪啪啪的不停響著，火花比剛剛更大朵，火星甚至開始落在各處，開始點燃屋子裡所有的東西！

然後，她終於看見了蹲在捕蚊燈旁的……人。

伴隨著一朵朵燦爛的火星，她才能看得分明，她的屋子裡有個人蹲在那兒，他如同黑夜般漆黑，只有在每朵火星炸開的時候，能隱約瞧見他的身形，以及那雙在黑夜中依舊白得發亮的雙眼。

她完全愣住了，想的不是爲什麼她家會有別人……因爲那個人的模樣……太可怕了！

來人緩緩起身，橘色火舌卻開始從他身上燃起，女孩顫抖著身子，不可思議的看著那也看著她的「人」。

那是個焦屍。

深黑且早已炭化龜裂的皮膚，裂開的紋路中開始冒出橘色火光，漫延他的身子。

那怎麼可能會是人！

「啊啊——」女孩終於回神，她嚇得扭頭就往門口衝！

但連門把都沒來得及搆著，雙腳驀地一陣熱燙，一股力道抓住她的雙腳，倏地把她往後拉倒，將她拖上了地！

「哇啊啊——」女孩痛得扭動雙腳，「好燙！好燙——」

她尖叫著翻過身，那個焦人雙手卻緊緊握著她的腳踝，他的手高溫如炭火，正灼燒著她的雙腳！

而她的屋子，曾幾何時也已經開始延燒，四周橘豔的火光開始竄出，地板、桌子、連床都開始被點燃。

「不不不……」女孩痛得尖聲哭吼，「救命……咳咳……」

焦人沒有說話，他微笑著，撲上前抱住了她。

「啊啊——呀——」

第一章 搬家

余晴潔抱著一整桶蒸餾水走上四樓，就算平時有在運動，還是走得上氣不接下氣，但公寓好處就是便宜，反正都當運動，沒關係！走！

她新租的這棟公寓很大，有近二十坪，雖是舊公寓，但是房東整理得非常乾淨，連油漆都全新粉刷，還新做了崁燈，陽台也寬敞，這兒屬於蛋白區，但很靠近蛋黃區，能有這種價格也算佛心。

好不容易走上四樓，對面的屋子還空著，到現在都租不出去，難怪房東願意給她這麼多優惠，畢竟交通不便又沒電梯。

進了屋子，再把水桶扛上飲水機，余晴潔靠著蒸餾水桶稍微休息，飲水機也是房東附的，她不能太挑剔，區區一桶水算什麼，相信再住個半年，一口氣扛兩桶上來都是小事一樁了對吧！

瞥見客廳堆成山的箱子，余晴潔有種心累的感覺，搬家好累，完全不想整理啊啊啊！

「先來泡個泡麵吧！」余晴潔走到小廚房邊，這兒是天然氣，不需要瓦斯桶，明火煮東西就是快得多。

飲水機裡的確有熱水，但是她覺得泡麵就是要熱滾滾的水去泡才有味道！

立在一旁的手機響起，她趕緊滑開，是好朋友洪艾如。

「哈囉！」

『余晴潔！妳搬完了嗎？』電話那頭的聲音很興奮，『什麼時候可以去妳家做客啊？』

「少來了！說好我家不招待客人的啊！」余晴潔開始慢條斯理的撕著調味包。

『妳這哪門子怪癖啦！搬家還不讓我們去玩的！』

「招待客人很累耶，我要準備吃的，你們走後我還要洗碗收拾，當我閒著啊，出去吃多方便！」余晴潔也沒在婉轉，「更別說等我整理好不知道還要多久……」

回頭看著未拆的箱子，想到就心累。

『妳不要忘了明天晚上的慶祝會喔！』洪艾如的重點在這裡。

「不會！開什麼玩笑，都提早預約到『百鬼夜行』入場券了，豈有放棄之理！」余晴潔也滿心雀躍，「我一定會好好打扮一番……啊！」

才在說著，熱水壺的爐子突然跟發爐一樣，火勢驟然變大，嚇得余晴潔失聲尖叫！

她眼明手快的即刻關掉瓦斯爐，心有餘悸的看著爐子。

『喂！小潔？怎麼了？』電話那頭滿滿擔心。

「沒事！沒事啦！」余晴潔把熱水壺提起擱到一邊，「我先忙喔！明天聊！」

『ＯＫ，沒事厚？聽起來很嚇人！』

「沒事！就我東西掉了而已！」余晴潔如是說，切掉了手機。

她認眞的檢視著瓦斯爐管線，再將總開關關起、打開，看上去沒有什麼問題，但剛剛火勢突然增大是怎麼了？而且那種火勢超出了瓦斯爐的最大火模式，因爲火燄的高度都已經包裹住整個熱水壺了！

「火力有這麼強大嗎？」余晴潔索性再開一次，上頭沒有放任何物品，直接把火開到最大。

結果如同一般的大火而已，沒有厲害到能吞掉熱水壺的程度。

不過現在情況正常，所以余晴潔又把熱水壺重新擺放上去，繼續燒熱水；她打算順便燒一壺熱水起來放涼，能自己燒水勢必會比扛一整桶蒸餾水上四樓舒服得多。

趁機把小餐桌清理一下，至少要挪個位子坐下，吃泡麵也是要有儀式感的。

銀色的熱水壺倒映著她的身影，凸面反射得人影扭曲，她擰乾抹布前去餐桌挪開大部分的物品，就爲自己留一人空位，鮮綠色的衣服倒映在熱水壺上時，突然蒙上了一層灰暗。

那是層層漫延開來的深黑色，彷彿有大火正燻黑著熱水壺，逐步轉褐、轉暗，終至覆蓋到鮮綠色的身影。

「嗯？」余晴潔突然停下擦桌子的動作，回頭看向瓦斯爐。怎麼覺得哪裡怪怪的？好像有誰在看她似的？

她一點兒都不希望胡思亂想，好不容易才搬到新地方，想這些有的沒的，只會讓自己住起來不舒心而已吧！

「好煩！」她用掌根敲了自己幾下，「停停停，越想越糟！」

水要燒開還需要一段時間，余晴潔決定讓自己忙碌起來，開始擦拭小廚房上方的系統櫃，屋子不大，所以房東打造極好的收納空間，充分利用上方空間，即使廚房不大，但這些櫃子可多到她放十個鍋具都不成問題呢。

搬過小凳子才能擦到櫃子最裡頭，其實有門的櫃子並不會太髒，但她就是想要全部清理過一次……喀啦！

抹布明顯的擦到了某個東西，余晴潔踮起腳尖朝裡望去，在黑暗的角落裡看見了一個方型的物品。

「咦……」她伸手往裡頭抓，那是金屬外殼，上頭刻有龍騰圖案的打火機，「復古打火機耶！」

復古銅色，其實看起來相當精緻，試著打開來點火，意外的發現火燄居然是七彩的！哇喔，這也太炫！

專注看著火燄變化的她，一點兒也沒注意到她下方正在燃燒的瓦斯爐火燄，也同步七彩的變化著。

啪，她將打火機蓋上，翻轉了一下，發現這是可以灌瓦斯的，等等檢查一下還剩多少，說不定能用得長久。不過在此之前，她應該要先問過房東，看看這打火機是否是他的呢？

簡單擦拭一圈後，她跳下了凳子，可以隱約聽見水壺裡的水泡滾動聲，應該是快滾了！她火速把杯麵準備好，拍照傳訊息問房東打火機的事，恰好熱水壺發出刺耳的笛音，倒入熱水，加蓋！

嘿嘿，余晴潔喜孜孜的把泡麵放到餐桌上等待，同時再把熱水壺擱回爐子上，多煮個幾分鐘。

拿起筷子轉身準備回到咫尺之遙的餐桌邊時，她的拖鞋卻傳來了沙沙音，踩到了什麼。

「怎麼……什麼東西啊？」她舉起腳，看著鞋底上居然都沾灰？

不，那不是灰啊……余晴潔整個人蹲下身，看著地板上是一塊塊的黑色渣狀物，她觀察了一下後決定用手拿起來看看，發現那眞的像是黑色的石塊，只是她再用手用力一掐，那些黑色塊狀物便會粉碎，沾得她滿手灰。

「灰燼嗎？」余晴潔好奇的再撿了幾塊起來，「啊！應該是像煤渣！所以一壓就碎了，只是……爲什麼有這個？」

她抬頭往天花板看去，雪白的天花板一塵不染，都是新粉刷的，再起身看了瓦斯爐周邊，總不至於燒個開水就有東西燒焦了吧？

望著滿手黑灰，她先拿掃具把煤渣掃起，再去洗把手……這樣一搞，她鼻息間竟都是焦味了。

鬧鐘嗶嗶聲響起，泡麵時間到，余晴潔火速坐回位子趕緊掀蓋，泡麵的時間很重要啊，泡過頭麵條就爛了！香味四溢的泡麵令人聞得舒心，雖然焦味隱約存在，她嗅了嗅自己的手，看來得再洗乾淨一點。

滿足的大快朵頤，一小碗杯麵三兩下就解決了！

不過因爲補充了能量，加上箱子山實在礙眼，她還是盡快的把東西收拾好，才能好好的過正常生活啊！

正常……瞥了眼手機，雖然現在看到畫面跳出訊息已經不會這麼害怕了，但她總還是會不停的注意手機。

才望著手機螢幕出神，手機突然響起，嚇得她往後彈跳撞上了椅子。

螢幕顯示：「護士長」。

咦咦！余晴潔心頭一緊，她請了三天假，這時候打電話都不會有好事！

「喂喂！我是余晴潔！怎麼了嗎？是小海豹又不吃東西了？還是李成發爺爺他又說要指揮？」余晴潔抓起電話緊張的劈哩啪啦，「如果是陳奶奶她——」

『……欸……』電話那頭是一票人忍不住笑場的聲音，『妳這麼緊張幹嘛啦！』

「護士長？」余晴潔戰戰兢兢的問著。

『妳今天入厝吧！搬家快樂！』護士長的聲音極富慈愛！『這裡什麼事都沒有，大家都好好的喔！』

跟著，電話那頭齊聲喊著：『搬家快樂！煩惱無憂！』

至此，余晴潔重重的鬆了一口氣，她剛剛可被嚇慘了，以爲是她負責的患者出事了！

「別嚇我啊！我們這行放假如果接到電話會超剉耶！」她沒好氣的嘟嚷，「但還是謝謝各位喔！」

『新居新氣象，我們都會挺妳的！』護士長溫柔的說著，『有什麼事儘管跟我們說！』

余晴潔覺得心暖暖的，她好幸福，有好朋友也有好同事們，「謝謝！」

『開箱新居啦！』同事們起鬨著，『好歹給我們大概看一下啦！』

「就還沒整理好，怎麼開箱？超亂的！」余晴潔無奈極了，不過還是打開了視訊鏡頭，「我箱子都還沒拆呢！」

『哇……』同事們都很浮誇。

余晴潔趕緊走到客廳中間，原地繞了一圈給大家看，在遙遠的彼方，護士長也拿著手機，讓在場所有人都看見未整理的新居。

『很新耶！』

「對啊，房東都整修過，從牆壁到天花板都新粉刷的，是米白色唷！」她走到牆邊，拍拍牆，「櫃子上的漆也都才上過，所以還有點味道。」

『不錯耶！不過妳這樣上班會不會比較遠？』護士長提醒著，『可要好好計算時間喔！』

「放心！我不會遲到的！」的確是比過去的住所遠了點，但她會注意的。

『不吵妳了，好好去整理。』護士長和藹可親的朝她道別，『後天見囉！』

「後天見！」余晴潔愉快的揮手，掛斷視訊電話後，心眞的很暖。

她能逃離那個男人並且走出來，真的全靠摯友們跟同事，是大家鼓勵她、幫她找房子，才能切斷過往的一切。

雖然朋友們都勸她應該要換工作，但是她就是捨不下那些患者與同事。

「好！加油！余晴潔！」她對自己喊話，放下手機準備好好來整理。

只是一抬手，卻發現自己全黑的右手掌——咦？

她嚇到了，她的手怎麼這麼黑，這活像是在炭裡摸一把似的！這是哪邊摸到的啊？

她緊張的回頭，看向門邊的牆，她剛剛有摸到白牆，萬一留下手掌印就糟了……可是玄關邊的白牆依舊嶄新，絲毫沒有髒污或是掌印。

余晴潔不由得凝視起右手掌，那這灰是哪兒來的？

遙遠的彼方，護士長一掛掉電話，就叫大家快點回到工作崗位上，一回身，就有調皮的人早早躲在旁邊觀看。

「好髒好髒！」那是個已逾半百的男人，但他患有精神疾病，所以才在這間醫院裡治療，「小潔家好髒！」

「欸，別亂說！小潔剛搬新家，有沒有亮晶晶的啊？」其餘護理師趕緊跟上男人，「她回來上班時，要祝她搬家快樂喔！」

「好髒！黑黑的！」男人咬著手指，一臉嫌棄的喊著，「全部都黑黑的！」

「好！黑黑的！」護理師們也是無可奈何，「你吃點心了沒啊？」

「黑黑的！」

首都R區，精華地帶，從大路右轉後進入寧靜街，就可以看到這與街道名完全相反的地方，越夜越美麗，完全不寧靜的夜店街道上，到處都是繁華的PUB，各種風格應有盡有，總是白天寂寥，夜晚聲色犬馬，熱鬧非凡；間有部分咖啡廳與餐廳，也全都是星級品質！而位在街尾那路衝的位子，就是棟如中世紀城堡般的建築：「百鬼夜行」。

身爲寧靜街最知名的夜店是一棟三層樓的透天厝，表面用木板裝潢成古堡模樣，整整三樓的牆面上有許多詭異的雕像，囊括各類妖魔鬼怪，中間也有設置凸出的橫桿，上頭是倒掛蝙蝠的雕像。

整棟樓閃爍著陰森的光芒，大門還是張血盆大口的形狀，上方是染血的尖牙，而這大嘴上頭，掛著的卻是中國風的破敗牌匾，清楚的寫著「百鬼夜行」四個大字。

余晴潔身披外黑內紅的斗篷，一臉妖豔的來到寧靜街尾的古堡ＰＵＢ，大門口就是張嘴的獠牙，頗有一種羊入虎口的感覺，超有Fu！

「哇哇！余晴潔！」右手邊走來一票浩浩蕩蕩的女人們，「瞧瞧這是我們的吸血鬼女王嗎？」

余晴潔高昂起頭，做出一副不可一世的驕傲，「哪位今晚想成爲我的晚餐啊？」

「那可不行，我是天使掛的。」洪艾如全身白色洋裝就算了，她還眞的揹了副羽毛翅膀出來。

「天使的血說不定更好吃！」旁邊的恰吉甩著刀幫腔，畫著半邊詭異娃娃臉的女人，其實是她們這票裡最正的小劉。

「我說劉卉音，妳畫成這樣眞的……」普通女鬼裝扮的庭喜搖了搖頭，「是不是太可惜妳這張臉了？」

「這才叫考驗化妝術吧！妳有夠隨便的……」劉卉音撩起庭喜的長髮，「妳就是套一件白色衣服，把頭髮放下來，再把臉抹白而已嗎？還抹得不夠白。」

「意思到就好啊，我還有把眼圈畫黑，畫了點血！」庭喜努力想表明自己的用心。

「阿竹他們還沒到喔？」劉卉音直接無視，手裡握著手機，「等他們到了我們再分票吧！」

洪艾如一雙眼停在余晴潔身上，看得她都不好意思了，「妳幹嘛啦！笑得很可怕。」

「妳這樣超漂亮的！妖豔極了耶！」洪艾如挑高了眉，「難怪他會對妳神魂顛倒……」

「如！」庭喜即刻出聲，「妳幹嘛！」哪壺不開提哪壺！

「我沒事啦。」余晴潔連忙緩頰，「我沒脆弱到連他都不能提，畢竟他佔據了我之前五年的光陰耶，不能提他的話，我豈不是這五年都空白了？」

「不是啦，就只是怕妳……」庭喜也不知道該怎麼形容，因爲那個混帳眞的傷余晴潔太深了。

「我沒事的。」她肯定的說著。

不一會兒，兩個男生氣喘吁吁的趕到，最妙的是他們無獨有偶的全打扮成吸血鬼的模樣，而且是低配版的，斗篷加假牙，反而拙到令人發笑。

「我的天哪！你們這完全毀了吸血鬼在我心中的形象！」洪艾如指著阿竹嚷著，「完全沒化妝，有吸血鬼像你曬這麼黑的嗎？」

皮膚黝黑，熱愛戶外活動，剛跑完馬拉松回來的阿竹一臉無辜，說眞的，他黑到發亮啊！

余晴潔實在忍不住的放聲大笑，這眞的太違和了啦！

「你也好不到哪裡去啊，元寶！」劉卉音望著另一個身高只有一百六的男孩說著，圓胖身材、一臉憨厚就算了，臉也沒塗白，而且還帶著天生的黑眼圈跟滿臉鬍渣，穿件斗篷就算數了。

「還有識別證耶！」庭喜拉著他的證件夾，「吸血鬼先生，你是喝了誰的血腫這麼快？」

拉長證件，啪的鬆開，元寶唉唷了聲。

「有打扮一下就好嘛！男生又不是重點！」阿竹隨意敷衍，「哇，余晴潔，妳不一樣喔！」

「對啊，認識這麼久我都不知道妳這麼正。」元寶一副讚嘆模樣，「化妝眞的好厲害……啊！」

話沒說完，左右兩邊的庭喜與劉卉音立即肘擊伺候，會不會說話啊！

「好了，先分票！我預訂到包廂，能先進去。」劉卉音拿出手機來，讓大家掃上面的QR碼。

幾秒鐘時間，每支手機立刻獲取了入場門票，也就不必像一旁紅毯上的人大排長龍，而是能從另一條快速通道優雅囂張的進入！

「噢……」遠遠的就能聽見排隊群眾的豔羨聲，人們都會很享受這種炫耀，自己擁有別人沒有的東西，輕易都能蓄滿虛榮心。

黑紅金色爲「百鬼夜行」的主調，一般客人可拿手機 QR CODE 朝門口的機器掃描入場券，響聲通過便可走進那張製造成血盆大口的大門。

通過血盆大口後，就是正太鮮肉版的接待員了。

而正太後面是一面大屏風，進入「百鬼夜行」的客人可從屏風兩邊進入，但都需由矮小的青面鬼引領到座位上才可以。

「歡迎光臨百鬼夜行！」屏風前的正太，一見到余晴潔立即打躬作揖，「嗨，美麗的女神。」

他掌心向上，請求余晴潔的搭握，她害羞得不知如何是好，洪艾如催促著她把手放上去啊！那男孩很帥耶！

戴著手套的接待者握住余晴潔的手，迅速輕巧的在她右手腕戴上了金色的手環。

「這是『百鬼夜行』的通行證，在店裡絕對不能取下喔！」叫小淘的正太溫聲對青面鬼交代著，「VIP包廂。」

另一個美形正太也一一的爲每個人戴上金色手環，領位的是一群看起來駭人的矮小青面鬼，確定每個人都戴妥手環後，轉身要他們跟他走。在金色屏風前就可以聽見裡頭正是抒情時光，浪漫優雅的樂音傳來，穿過屏風，大家終於來到赫赫有名的「百鬼夜行」酒吧。

現在沒有搖滾金屬的瘋狂，而是浪漫鋼琴樂，「百鬼夜行」的正中央是舞池，有許多高腳桌子分佈，而四周圍則全是包廂，沒有實心門只有簾子，但只要不做販毒與色情交易，包廂裡愛幹嘛無人會干預。

余晴潔他們被領入了特別的大包廂中，ㄇ字型的沙發座位區，開口面向門外，中間是一張寬大的方桌，大家依序入座，刻意讓余晴潔坐在中間，但她又把洪艾如拉在身邊。

洪艾如一心只記得今天是慶祝她搬新家、擺脫桎梏的日子，都忘記下星期就是她生日呢！

只是他們前腳才剛進入「百鬼夜行」，後頭就有人也跟著要進來。

門口的高大保鑣一步上前，擋住了男人的去向，「票。」

「啊？我……我跟前面那票一起的！」戴著棒球帽的男人指向前方，「我只是停車比較慢來。」

「票。」保鑣指向一旁的掃描機，一人一票，掃就對了。

棒球帽男人遲疑著，「可是我是跟他們一起的！」

「沒有票就買票，然後排隊入場。」保鑣抬手，指向長長人龍的末端。

男人厭惡的嘖了聲，但面對高壯魁梧的保鑣，卻還是不敢吭聲，只能摸摸鼻子轉身離去，一邊走一邊看著紅毯上那見不到盡頭的人龍，天曉得那要排多久啊？

沒關係，總是遇得到的……余晴潔，妳可以搬家，但妳的朋友不會，我總有辦法知道妳在哪裡的！

男人忿而轉身離去，並沒有前往排隊，保鑣們面無表情的退後，這種人多了去了，一句「跟誰誰誰一起」就想唬弄過去嗎？一機一票，誰都休想投機。

沒有一分鐘，門口又來了一個新的客人。

「啊……」正太吸血鬼皺起眉，看著站在門前的男人，有些心神不寧，「去叫經理來！」

保鑣再度走到燈光下，朝著那個全身黑到如同焦炭的人頷首，像是要確認他是否要進來。

男人邁開步伐，保鑣即刻爲他指引「百鬼夜行」一旁的通道——非人類的專屬通道。

帶跟的皮鞋聲喀噠喀噠傳來，金色屏風後疾走出削瘦的女人，她有一張中性但略顯深刻的臉龐，紮著一把低馬尾，髮長幾乎拖地，身著合身的黑色西裝，是這間夜店的店經理。

看著緩步走來的焦炭男人，他龜裂的肌膚中開始冒出橘色的線條，如同岩漿下的燦爛亮橘，同時火燄也開始自裡頭竄燒而出，直到他走到金色屏風前時，那已經是一個全身燃燒的人了。

正太們厭惡的連連後退，吸血鬼對火也沒什麼好感。

「你們進去。」拉彌亞低聲交代著，小淘他們跟得到特赦似的，一溜煙鑽了進去。

男人約莫一百七十公分左右，很是魁梧，燃燒的全身看起來「光彩照人」，但這是人類看不見的景象。

「您好，歡迎光臨百鬼夜行。」拉彌亞動手拿起一旁的銀色手環，「百鬼夜行歡迎各路鬼神與精怪，唯有一個規則，在店裡不許殺生，不許動手。」

「啊？」男人顯得有點困惑，「不許動手是？」

「不能傷害任何人、鬼、妖怪、精靈，總之，在這裡就必須是個普通人，大家來喝酒聊天、狂歡放鬆。」拉彌亞微笑著打量男人，「這裡會有您可以吃的食物跟酒，這不必擔心。」

「那如果我不小心傷了人呢？」男人邪笑起來。

「你眞的想知道嗎？」拉彌亞雙眼倏而轉成金黃，眼球成了細長的紡錘，一如蛇般的眸子，「上一個這麼做的人，再也沒能走出本店。」

男人彷彿被拉彌亞震懾到了，他緊張的後退，那種威嚴跟殺氣不是他這種等級的鬼能夠比擬的……這個女人不是鬼吧？是什麼魔怪嗎？

「我……我盡量……我會。」他點了點頭，拉彌亞朝他伸出手。

「請給我您的左手。」她手上的銀色手環正準備套上。

男人皺眉拒絕，「戴那種東西做什麼？」

「這是識別證，人類金環右手，非人銀環左手，有戴手環的就是店裡的客人，誰也不能傷害誰。」拉彌亞敲響著銀色手環，鏗鏘清脆，「但如果沒有手環，不管什麼物種，都可以獵捕或是殺掉。」

男人一凜，伸出了左手，「獵捕？」

「喜歡人類靈魂的魔物很多，尤其您這種熱騰騰的新鮮菜，應該很好吃。」

拉彌亞邊說，做出舔舌的美味動作，但她的舌頭細如絲，尾端還分了岔！

蛇嗎？男人緊張的嚥了口口水，在手環套上他左手的瞬間，他身上的火燄一秒消失，只剩下炭化的肌膚。

「您打算這樣子進去，或是換身衣服呢？」拉彌亞又問，「本店可以協助喔！維持這樣也行，十二點時我們有化妝比賽，您一定能奪冠，到時再請您上台領獎……」

「我不要！那什麼玩意兒！」男人即刻排斥，「就……我就是這個樣子，我還能變成什麼——」

餘音未落，拉彌亞站到一旁，做出一個請他往前的手勢，「請往裡走，一位客人！」

屏風後走出戰戰兢兢的青面鬼，他對火也沒有好感。

「吧台。」拉彌亞補充說明，「請跟著他往裡走吧。」

男人遲疑著，還是跟著青面鬼繞進了屏風後……幾乎就在他入店的一瞬間，他的模樣回復成人類姿態，皮膚一如生前的平滑，沒有一絲被燒爜的痕跡，而且還有套全新的衣服。

正在各桌前送酒的雪白女人一回頭，便驚恐的退避三舍，「那是……是……」

「雪女姐姐，別怕，他被壓制住了，在店裡不會有火的！」小淘趕緊上前，自背後穩住雪女的身體，「但妳還是離他遠一點好了，融化就不好了！」

雪女深吸了一口氣，幽幽的看向他，「我是雪女，不是雪人好嗎？融化咧……」

她哼的一聲，轉身離開。

啊……正太尷尬的笑了笑，所以雪女碰到火不會融嗎？

男人也明顯的留意到這間店所有的服務生，是各式各樣的鬼或是妖怪，剛剛那個離他很近、死白皮膚穿和服的女人，扮相是傳聞中的雪女……不，她就是雪女。

就連現在領著他往前走的青面鬼，他們也不是人啊！

這間夜店他聽過，因爲實在太有名了，只知道裡頭有許多裝扮成妖魔鬼怪的服務生，沒想到這哪是妝扮！他們眞的都不是人啊！

若不是自己死了，只怕永遠也不知道這個祕密！

青面鬼一路引領他到吧台邊，「百鬼夜行」最知名的Bartender早在他一進門時，就聞到了那令人作噁的焦臭味了。

他調了一杯酒，即刻遞到他面前，「第一輪酒，本店招待。」

俊美的德古拉笑看著他，那邪魅的高顏值也讓男人幾分錯愕，這扮相……那絕美的容顏，怎麼看都是吸血鬼，難道眞的就是吸血鬼嗎？

但再瞧瞧吧台前的女人們，全是貨眞價實的人類，個個活色生香，與吸血鬼有說有笑，每個人看著吸血鬼的眼裡都有著慾望，全是被他的美貌迷惑的人，但活人的誘惑吸血鬼撐得住？

「我去一下洗手間！」右手邊傳來了熟悉的聲音，他往右方瞧去，其中一個包廂裡走出了吸血鬼裝扮的余晴潔。

服務人員爲她指引了洗手間方向，但是在去前，余晴潔趁空來到吧台邊。

「您好！八號包廂要一輪試管酒！」她開心的朝裡頭喊著。

德古拉回身，看向了也是吸血鬼裝扮的豔麗女孩，「嗨！」

余晴潔瞬間失了心神……好、好帥喔！

「八號包廂試管酒嗎？沒問題。」德古拉笑了起來，「好久沒瞧見這麼漂亮的吸血鬼女王了！」

「啊……謝、謝謝！」感謝這裡燈光昏暗，不然她一定臉紅了啦！

余晴潔尷尬的離開吧台邊，穿過舞池前往左前方角落的洗手間，她以前就聽過「百鬼夜行」的 Bartender 超帥，但她眞的沒想到會這麼迷人！那根本就是外國人，白皙的肌膚、金色的頭髮、深刻的五官、碧藍色的雙眼，就像那些小說電影裡描述的吸血鬼，看一眼就會失去靈魂似的。

直到她難以壓制心跳的走入洗手間時，男人依舊緊緊盯著她的背影。

德古拉自然將一切盡收眼底，拉彌亞也在酒吧裡另一個角落裡默默觀察，雪女湊過來，看著熱鬧的八號包廂、女廁的余晴潔、以及吧台邊的男人。

「那個吸血鬼女孩被跟上了嗎？也太倒楣！」雪女皺起眉，「為什麼無緣無故會被那種東西跟上？」

「那也不是我們需要管的了！只是……」拉彌亞搖了搖頭，「那傢伙身上背負太多條命，這麼喜歡火？」

「所以他才會是火焚鬼啊！」雪女看著從女廁步出的余晴潔，「真可惜，那女孩還這麼年輕。」

火焚鬼，生前被大火焚燒而死，少數在極端痛苦中死亡後心有不甘，化身成厲鬼，也想讓世人嘗到跟他一樣的痛苦。

這種人，幹嘛不去找燒死他的人就好了咧？

第二章
被跟蹤的女孩

阿竹跟元寶捧著蛋糕，冷不防的衝進包廂：「生日快樂！」

「生日快樂！」女孩們也同時拍起手來，而主角的洪艾如卻呆在原地，一時無法反應，看著突然出現的蛋糕發愣。

「……生日？」洪艾如左顧右盼，「不是慶祝小潔逃脫渣男嗎？」

「也是啊！但妳下週生日耶！寶貝！」劉卉音摟過了她，「都忘記了喔？」

「我沒忘啦！但我沒想到你們突然來這招！」洪艾如還是很開心，「謝謝！謝謝大家……啊小潔跟我一起！」

余晴潔被她緊拉在身邊，男孩們趕緊將蛋糕放下，準備要點燃蠟燭。

「我來我來！」余晴潔從包包裡拿出了那只復古打火機，「我用超精緻打火機幫妳點蠟燭。」

「咦——」全部的人好奇的看她拿什麼寶貝點燃蛋糕上的火花蠟燭。

接著便是歡唱生日快樂歌，壽星許願。

「第一個願望，我希望大家都平安健康，第二個願望——」洪艾如看向身邊的余晴潔，「我希望小潔可以找到幸福。」第三個願望不能說，要放在心裡，一口氣吹熄蠟燭。

呼！

「生日快樂！」朋友在一起慶生就是格外熱鬧，掌聲不斷。

劉卉音幫忙切蛋糕，男生們立刻拿過桌上的打火機去瞧。

余晴潔滿懷感動的緊握著洪艾如的手，「謝謝妳。」

「有什麼好謝的！我們大家都很希望妳能找到幸福！真正的！」洪艾如認真的看向她，「好不容易擺脫渣男，一定要重生。」

「謝謝你們。」提起過往，余晴潔心中還是無盡感慨。

「說到這個，小潔，妳真的不打算換工作嗎？」庭喜其實對這件事一直抱持疑慮，「他直接在妳工作的地方攔妳怎麼辦？」

「同事們都有陪我上下班，隨機接送，他應該很難堵得到。」余晴潔當然知道這個風險，「而且我沒辦法捨掉患者！再說，我就算換工作，可是跟你們依然有聯繫，他有心要找也是有方法啊！」

「他會來問我們妳搬到哪邊嗎？」元寶認真的思考，「啊我真的不知道啊！」

余晴潔這次搬家，無人知道位置。

「真的有心要找，不會找不到的，現在搬到新家算是一個開始，我只希望他也能漸漸放下。」余晴潔努力笑著，「希望他能找到更好的女孩。」

「不要吧！誰遇到他誰倒楣！」劉卉音不以爲然，「他那個是控制狂加恐怖情人了，外加變態！」

「可惜以上幾種都很難讓他坐牢或消失，這種比那些重刑犯更可怕好嗎！」洪艾如突然環住了余晴潔，「看看我們小潔被他折磨得多慘！」

折磨啊，余晴潔回抱著洪艾如，這種形容一點兒都沒錯啊，她此前眞的是生活在地獄中！被監視控制，連在醫院時他都會打來查勤，大夜時還會直接到病院來，警衛不讓他進入，他就可以在外頭等一整夜。

叫他走也不走，就說要陪她，展現一種令人發毛的偏執愛。等回到家，就說醫院警衛不讓他進去陪著，是不是她在院內另外有男人了!?什麼如果坦蕩蕩，就不需要躲躲藏藏！

跟他說隱私權說到都膩了，接下來的精神與暴力折磨只會接踵不斷，他的偏執更是讓她心慌。她的病患多半都是精神疾病患者，她很明白這種人的習性，只能先安撫、順著他，再慢慢想辦法。

但這樣的順從，最後卻變成……難以脫離的險境。

「我倒是希望他來找我。」阿竹扳起臉，「我會告訴他你這個死變態，去看醫生好嗎？」

「千萬不要！阿竹！我認眞的！」余晴潔緊張的勸阻，「不要激怒他，他精神不穩定！」

「問題是……他幹這麼多事都不必有懲罰的嗎？」阿竹就是不平，「妳都差點沒被他逼瘋耶！」

「但我就是沒事啊！」余晴潔肯定的說，「我走過來了，因爲你們的支持與幫忙，至少我現在離開他了！他做這麼多事都不會受到懲罰了，我更不希望他去傷害你們。」

她的事讓朋友們心裡都悶著一股氣，因爲她與前男友只是男女朋友，即使在被打時報警，也就一個傷害罪，一筆錢就能交保出來了，最後慘的還是余晴潔！保護令？眞的會爲保護令的人有幾個？

現在她離開、搬家、換手機，也不敢對前男友提告，就怕跑法院曠日費時，而且也會增加彼此見面的機會。

精神折磨這種事更難以舉證，只能依賴錄音，可某個人即使被折磨到崩潰，但加害者往往沒事、或是輕判，這世界眞的太不公平！

「好了好了！我生日耶！」洪艾如打破僵局，「來乾一杯！」

朋友們舉杯慶祝，劉卉音也分好蛋糕，不一會兒，拉彌亞還親自送來炸物拼盤，說是要給壽星的禮物。

「哇……這麼好！謝謝！」壽星可開心了。

「祝您生日快樂。」拉彌亞禮貌的說著，「再一輪試管酒，也是本店招待！」

「耶——」包廂裡的人都尖叫起來了，「百鬼夜行」服務也太好了吧！

就在拉彌亞轉身離開之際，俊帥的身影竟就站在她身後端著一整排試管酒走進了八號包廂。

哇……余晴潔心跳再度漏拍，是那個Bartender！

「本店招待，祝壽星生日快樂，以及……」他碧藍色的雙眸突然掃向余晴潔，「我的女王能心想事成。」

天哪……余晴潔覺得她心臟快停止了！

「謝謝謝謝……」一包廂女孩們都心花怒放了，這麼近看也太帥了吧！「可以拍照嗎？」

「當然可以。」

男孩們識相的起身，讓德古拉大方的從桌邊走入，直接坐在了余晴潔身邊。

啊啊啊！她真的會心臟病發！余晴潔緊張得全身僵硬，拉彌亞走來接過手機，爲這群朋友留下紀念照片。

「玩得愉快。」德古拉臨走前不忘再多看了余晴潔一眼，她都要當場暈倒了。

「呀——」人都沒走遠，包廂裡就發出了尖叫聲，「太帥了吧！外面傳的照片眞的零修圖耶！」

「近看更好看，他身上的香味好迷人喔！」

對啦對啦！唯一的男生翻了白眼，那個吸血鬼Bartender放的屁都是香的！

「我們去抽菸！」元寶搖了搖打火機，「借我喔，小潔。」

「行！」她意識還很混亂，看著摟著她的德古拉，人都要醉了。

男孩們走出包廂，無奈的搖著頭，「眞的是人帥益生菌，人醜大腸菌！」

「是長得很好看啦，這店裡的男生顏值都很高。」元寶有些無力，「要在這裡把妹困難度好像太高了。」

「哈哈哈，因爲隨便看過都覺得你很弱嗎？」

「是說你吧！」他們繞出金色屛風，向門口的正太們示意要抽菸，再往大門更外邊的角落菸灰缸區塊走去，「看吧，連門口的服務生都可愛成那樣。」

打火機在元寶手上，開蓋闔蓋的傳出噠啦噠啦的聲響，元寶點燃打火機時，即刻發出七彩光芒，點燃了菸頭。

「好炫！」阿竹接過，換他爲元寶點菸，「怪了，余晴潔又不抽菸，哪來的打火機？」

「對耶！等等問問看，不過這打火機質感很好說！」元寶反覆打量，「就算灌模的也很精美，雕刻，又有七彩光，底部還可以灌瓦斯。」

隨著吸氣的動作，菸頭的橘色光點變得乍亮、再暗去，交情都在吞雲吐霧間，只是又在某一次的吸菸時，菸頭的火竟瞬間變強，一眨眼燒掉了一大截！

「哇啊！」元寶嚇了一跳，他親眼看著一公分以上的菸頭轉黑，「你是吸多大口!?」

「沒、沒有啊！」阿竹錯愕極了，看著在他面前化成灰的菸頭，「搞什麼啊！就這樣燒掉一大截？我吸再用力也不會這樣吧？」

「嘶……」是啊，沒道理一秒燒掉一公分啊！

他們也不知道怎麼辦，只好再多抽一根後才回到包廂，從正太們身邊經過時，正太們紛紛皺眉。

「聞到了吧？」

「嗯，跟那個吸血鬼女王身上一模一樣的味道。」

燒焦味。

清晨六點二十，一台腳踏車轉進了寧靜街內，許多店家都已閉店，白天的寧靜街才會名副其實。女孩一路騎到巷子底，就停在了那古堡風格的「百鬼夜行」前，好奇的看著附近坐在路墩上的女人。

黑紅斗篷，看起來是扮成吸血鬼的客人。

「百鬼夜行」六點關門，服務人員會清點所有客人與手環，不使任何一個客人留在店裡，再醉都能扛出去，而她，住在這兒。

原本要牽車從店旁的側門進入，厲心棠還是回頭瞥了余晴潔一眼。

「妳等人嗎？還有人在裡面嗎？」

「咦？」昏昏欲睡的余晴潔驚愣的望著眼前的女孩，「不是，我只是想……」想什麼？余晴潔根本說不出口，她是在這裡等那個Bartender出來的，她想要跟他做個朋友！

「欸，如果妳是要等員工的話，等不到的喔！」厲心棠好心提醒，「他們不會從正門出來的。」

嗯，基本上鬼或妖怪都不會從門口進出！

「咦？」被說中的余晴潔臉色泛紅，她是有想過後門，但是「百鬼夜行」已經是巷子底的店面了，她稍早在附近看過，沒有一條巷子通到它們店後門啊！

「妳想等誰？我可以幫妳轉告！」厲心棠堆滿微笑，「我住這裡。」

「住……妳是店裡的人？」余晴潔嚇了一跳，這女孩看起來剛剛才出現啊。

「反正這我家開的。」厲心棠懶得解釋得太細，「妳可以用字條或是話語，我保證幫妳轉達——但回不回應就不是我能掌控的喔！」

「呃，那、不必好了！」余晴潔害羞，今天難得她鼓起勇氣想認識一個陌生人了，很衝很奇怪，但她就是想要突破，想要擺脫過去的陰影，只是要人轉達的話就太尷尬了。

「德古拉嗎？」厲心棠隨便猜，啊德古拉就全店最帥啊！

再來就是門口的小淘，吸血鬼族全靠顏值取勝，總不會有人的口味是喜歡青面鬼吧！

「咦咦！」余晴潔臉更紅了，厲心棠一瞧就知道自己說對了，「妳怎麼……啊，也對，他應該很受歡迎。」

「超級！我可以轉達喔，這沒問題的，妳已經很客氣了，很多人都是直接打電話到店裡要電話呢！」厲心棠伸出手，「要嗎？」

余晴潔掙扎再三，咬了咬唇最後點點頭，打開包包想要找紙筆，問題是現在這年代誰在用紙筆？尚在猶豫，跟前卻傳來了撕紙聲，幾秒後紙筆都遞前。

「喏。」厲心棠雖略顯疲態，但幫助人時總是閃閃發光。

她為什麼隨身帶筆記本，就是專門幫忙傳話的啊！喜歡店內妖魔鬼怪的人超多的，有時也不一定是人，像上個月外頭有個飄盪的阿飄，一眼就喜歡上負責大門清掃的雲姐，也是她牽的線呢！

余晴潔紅著臉寫上自己的電話以及社群帳號，略顫抖著手遞給厲心棠。

「我就是想……跟他做朋友。」她囁嚅的說。

「嗯，我知道！我一定交給他，但他不一定會回應喔！」厲心棠再三強調，「都天亮了，妳快回去睡覺吧！」

余晴潔點點頭，羞赧的道謝，拿出手機準備叫車。

牽車往前的厲心棠，已經從側門的鐵門欄杆中看見站在裡頭等門的拉彌亞，可還是不放心的後退了幾步。

「可以請問一下嗎？妳有跟別人來嗎？」

正在定位的余晴潔抬頭一怔，疑惑的看著厲心棠搖頭，「我朋友們都分別回家了。」他們四點鐘散的，她真的是為了等德古拉才留下。

「是喔！妳先看著我不要回頭喔！我從巷口一路騎回來時，在前面的店家巷子邊看見有個男的一直在看妳耶！這條夜店街清晨是不會有人的，這裡是巷尾，也只有妳一個人，我想不出來他還能在等誰。」

隨著厲心棠的話語道出，余晴潔的臉色逐漸刷白，雙肩禁不住顫抖。

「妳、妳知道他他長怎樣嗎？」

「挺邋遢的，比妳再高一點，有點壯，是偏肥的那種壯，然後應該很久沒理髮，前髮都蓋住眼睛了。」厲心棠說得自然，眼神都沒瞟。

是他！余晴潔臉色死白，爲什麼那個人會在這裡？他不是會跑夜店的人啊！

「我……我……」看著手上的叫車系統，但如果她現在叫車的話，他只要跟車就可以知道她住哪裡了！

厲心棠吁了口氣，看起來就是她認識、但不喜歡呢！

「追求者還是前男友吧？跟蹤妳嗎？」

余晴潔痛苦的點頭，「前男友，恐怖情人那種，我好不容易才搬了家，離開他，我不知道他爲什麼會跟來這裡！我、我得找人來接我！」

找誰？朋友們回去後，現下都已經睡死了吧！

終於，「百鬼夜行」的側門開了，削瘦的店經理站了出來，「棠棠。」

厲心棠趕緊回身，先牽車走去，余晴潔禮貌的頷首，她不敢回頭，她就怕他知道她已經發現了！

「拉彌亞，有人跟蹤她啦！」厲心棠自然的把車牽進去。

「那個男人昨天九點就在這裡了。」拉彌亞當然知道，「那是他們之間的事，妳要插手嗎？」

「要。」厲心棠點了點頭，「她都說恐怖情人了，萬一對方跟蹤她回家、把她殺了怎麼辦？」

拉彌亞嘆了口氣，「妳知道規矩。」

「百鬼夜行」的老闆、養大她的叔叔規定，不能干涉人類事務——問題是厲心棠是這間店裡唯一的人類。

厲心棠把車停好，直接朝樓上扯開嗓子：「阿天——」

站在店外的余晴潔侷促不安，她翻找著通訊錄，想著現在這時候有誰是清醒的？她不能回家，她絕對不能讓他知道她住在哪裡……但是能去哪裡？

她不是沒有經驗，他擁有極大的耐心，可以守著幾天幾夜都無所謂，就是要等到她！

「嘿！」鐵門再度打開，厲心棠走了出來，「妳跟我來一下。」

「咦？」余晴潔傻住了。

「我有辦法可以幫妳，妳現在先叫一輛車來接妳。」厲心棠故作輕鬆的到她身邊，輕推著她往裡頭走，「但妳要答應我一件事，否則我會立刻撒手不管喔！」

「只要不讓他跟著我，我做什麼都行！」余晴潔都快哭出來了。

「妳得閉上眼走進去，等等我會矇上妳的眼睛，妳不能摘下布，也不能說話，一點聲音都不能發出，也不能提問。」厲心棠嚴肅的看著她。

余晴潔戰戰兢兢的點點頭，這很奇怪，但她別無選擇！

「我都不能問……」

「不能，聽我的話就對了。」厲心棠回得乾脆。

余晴潔其實快嚇死了，這一切都太詭異，可是再詭異，都不及那個男人帶給她的恐懼來得強烈。

最終她叫好車，闔上雙眼，在厲心棠的攙扶下進入了「百鬼夜行」側門。

一進側門，後方的拉彌亞即刻拿黑布上前矇住她的雙眼，余晴潔全身都在劇烈發抖，誰都嗅得出她的恐懼；厲心棠勾著她的手腕穩住她，接著等待計程車出現在門口——來了。

她回首，自她身邊走過另一個「余晴潔」，一模一樣的臉蛋與妝扮，只是走路太活潑了點！

正常些啦！厲心棠拍了「她」一下，那個「余晴潔」還吐了吐舌，逕自開門走了出去。

拉彌亞跟著出門，站在裡頭的余晴潔聽見了車聲、有人離開，還有「請小心，歡迎下次再度光臨！」

車子走了，拉彌亞站在店外，看著那台計程車往巷口駛去，而那個躲藏的男人跨上機車，尾隨而去，同時有另一台計程車朝店裡駛來，那才是是店裡剛剛叫的車。

厲心棠將余晴潔再度帶出店外後，摘下了她的眼罩。

「妳的車來了，趁現在快點回家。」厲心棠等著計程車迴轉，「那個男的剛剛追著另一台車離開，所以妳可以放心回去。」

追另一台車？為什麼？余晴潔差點脫口而出的疑問吞下肚裡，這個女孩說過的：不能發問。

「謝謝！」余晴潔緊緊握著她的手，「我除了謝謝不知道還能再說什麼了！」

拉彌亞為她打開車門，職業的笑著，「請小心頭，再見！歡迎再度光臨。」

余晴潔沒辦法再多說什麼，只有無盡的道謝，車子終於駛離「百鬼夜行」門口，她差點就要哭出來。

他，果然還沒放過她！為什麼要這樣！

「啊……」目送著計程車遠去，厲心棠伸了伸懶腰，打了個呵欠，「累死我了！」

「嫌累還要多管閒事？」拉彌亞無奈的望著她。

「我們的客人耶，這麼害怕當然要照顧一下嘛！」厲心棠輕快的走回店裡，「她在外面等德古拉耶！」

「嗯哼。」拉彌亞一臉不意外的樣子。

走進側門是條長長的甬道，約莫三公尺後才會變得開展，當然這裡也是夜店舞池中看不見的地方。

只是厲心棠才走沒兩步，就被空中的味道分了心。

「什麼東西燒焦了？」她努努鼻尖，「誰廚藝這麼差？雅姐嗎？」

「是剛剛那個客人身上的味道。」拉彌亞再關上了第二重門。

「咦？她……她不是人類嗎？」厲心棠嚇一跳，「我看得見鬼了？」

平時在店裡她自然瞧得見，但是在外面時她不是那種敏感體質耶！

「她是人，但是被東西纏上了。」拉彌亞聳了聳肩，「火焚鬼。」

下一秒，厲心棠雙眼亮了起來。

「妳別這樣看我，我也累了，收拾好要去休息。」拉彌亞直接掠過她往裡走。

「少來了，妳沒有點皮、也從來不睡覺的！」厲心棠開心的追上前，「妳怎麼知道那是火焚鬼？跟著？還是那個鬼也跟到店裡來了嗎？他有什麼人生……鬼生困擾嗎？」

厲心棠這麼興緻勃勃，附近所有的魍魎鬼魅紛紛躲避，「百鬼夜行」的店規是不能干預人類的命運與事情，但偏偏老闆領養的女孩特愛管，她就是覺得這裡隨便一個妖怪或魔物都這麼厲害，應該能幫助人啊！

就算不幫人，幫忙迷途鬼也是合理的嘛！

她之前幫過一個不知道自己怎麼死的吊死鬼、然後是一起長大的水鬼，然後還有一個被鞭炮聲嚇得跑到店裡的魔神仔，她可是越幫越有心得了！

雖然，不可否認的也認識到了「鬼」的可怕性，外面的亡靈跟店裡的不同，她自小被收養，睜眼所及都是各種亡靈或是妖怪，姑且不論他們在外做的事，至少對她都是極好的。

但人類都比他們可怕……人死後成爲的亡靈更是凶殘，幫了幾件下來後，她看見的都是自私、剛愎自用與殘暴，她也曾九死一生，與店裡這些呵護她長大的非人類截然不同。

即便如此，她還是想要繼續見識，而不是因爲害怕就裹足不前。

她厲心棠才不是這種人，如果是的話，她就一輩子都活在「百鬼夜行」裡就好啦，犯得著硬要去找間便利商店值大夜嗎？

「那個妳別碰，火焚鬼很麻煩，什麼都愛燒。」拉彌亞出聲警告，「昨天他一出現，店裡每個鬼怪都討厭。」

「啊……火能淨化嘛，不是，他是被燒死的，他的火也能淨化嗎？」厲心棠好奇極了。

氣溫驟降，白衣女人伴隨著身邊的冰雪走過，「就、是、討、厭。」

「是是是，雪女姐姐晚安。」

看著雪女離開，厲心棠又想追著拉彌亞繼續問，拉彌亞眞的是心累。

「棠棠，那個不是需要被喚回記憶或是需要被幫忙的鬼，那個火焚鬼是沉浸在火燄裡的惡靈，渾身戾氣！」拉彌亞鄭重其事的勸告，「妳別去招惹他，妳是人類，禁不起火的。」

「惡靈嗎？」厲心棠想到她第一個幫助的吊死鬼，那個原本以爲無辜的女人，最後卻因爲一點小過節，屠殺朋友，轉成駭人的惡靈……最後甚至要對她下毒手。

她明明是幫助者耶！

等等，如果火焚鬼是惡靈的話，那剛剛那個女生——厲心棠立即拉住拉彌亞的袖子，緊張的望著她。

「火焚鬼跟上那個女生了？她會怎麼樣……行了妳不必說！我當然知道會怎樣！」厲心棠鬆開手，開始焦慮的走來走去，「好端端的怎麼會被惡靈纏上啦，啊那個火焚鬼是她燒死的嗎？復仇？」

拉彌亞聳了聳肩，「不知道。棠棠，妳剛下班，該去睡了。」

厲心棠緊張的緊握雙拳，卻感受到自己的掌心裡有一張紙，咦——有紙耶！她張開掌心，上頭是余晴潔的字跡，不免劃上微笑。

「我知道了，我上去休息，睡飽我就出去囉！」她三步併作兩步的衝到樓梯邊，兩階後又倒退下來，「我應該會跟闕擎出去！」

噠噠噠，腳步聲一路朝三樓奔去，一樓大廳所有的人只是靜止，聽著她關上門後，大家再繼續手邊的清掃工作；今天的地上多了太多炭渣了，那個火焚鬼身上不停的掉下的殘渣。

「賭一千塊闕擎今天不會理她。」負責大門的雲姐默默在桌上擺了一千，她頸子繫著繩子，生前是被勒死的。

許多亡靈趕緊湊近，有人押會、有人押不會，一場簡單賭盤正式開始。

「那個惡靈很凶惡的……」掃地的是永遠二十歲的敏敏，白淨的肌膚與圓滾滾的臉蛋，當然要忽視她身上那八十幾刀的刀痕，「他來時我都不敢靠近，就怕被他燒掉。」

「他身上都是人命了，早就是窮凶惡極的惡靈了。」擦著桌子的中年男人皺起眉，憂心忡忡，「要讓棠棠小姐去嗎？」

他們都屬於人類亡靈，所以他們更能瞭解晚上那位火焚鬼的凶惡，店裡其他妖魔鬼怪等級較高，再難纏也覺得費點力就能解決對方。

「如果她能聽話，還能是厲心棠嗎？」拉彌亞雙手一攤，「我們這裡有雪女、德古拉跟我，拉彌亞，在妖怪界也算是赫赫有名的身分，都拿她沒辦法了，你們說呢？」

幾個亡者皺起眉，他們其實覺得「百鬼夜行」的大人們太疼愛厲心棠了，否則區區人類，怎麼可能會是妖與魔的對手？

他們在這裡工作也有三、五年了，對小姐也是有了感情，那個火焚鬼真的很可怕，他不是復仇，他是惡靈啊，所思所想就只有殺、殺、殺！燒、燒、燒！

回到房間的厲心棠一刻也沒閒著，即刻傳了訊息給闕擎，那是她的「好朋友」，某個看得見鬼，而且還挺可靠的傢伙。

噢，最重要的是，他欠「百鬼夜行」人情嘛！

雖然他不使用智慧型手機，她只能傳簡訊，而且他回應率只有百分之一，但她覺得他是會看的！

——下午兩點，車站見！昨天店裡來了一個火焚鬼，惡靈等級，跟上無辜的女生了！——

百鬼夜行
第三章
焦臭味

洪艾如醒來時天已經黑了，她呆呆的望著自己的房間，需要幾分鐘的開機，好恢復意識。

「靠！喝太多了！」她敲了敲發疼的頭，她連自己怎麼回來的都不知道！「是誰送我回來的啊？小潔？劉卉音？」

伸手往枕邊抓，結果連手機都不知道扔在哪裡了。

下了床踉踉蹌蹌，一地衣服跟包包，她真的喝到斷片，最後的記憶好像是去洗手間而已，然後就是現在了。

翻箱倒篋之後，終於在鞋櫃裡找到她的手機，一堆未接來電跟訊息，但她現在比較在意的是只剩20%的電量，得趕緊充電。

「喂，」插上電後，第一件事是打給男友，「喂？我睡死了啦！昨天喝得太醉了。」

『不是說不要喝這麼多嗎？又不讓我去！』

「你去幹嘛？我們姐妹淘聚會你插什麼花啊！」洪艾如懶洋洋的打開冰箱，「昨天不只幫小潔慶祝喔，他們還幫我慶生呢！」

『哦，是喔。』電話那頭很冷淡，男友在生氣咧。

「幹嘛？不想講電話就不要講，反正我醒了，就這樣。」洪艾如說完即刻掛上電話，一點猶豫都沒，少在那邊擺臉色，她不吃這套。

笑看著冰箱裡的蛋糕，她居然連沒吃完的蛋糕都冰起來了，怎麼這麼優秀啦！雖然很想吃，但現在飢腸轆轆，先吃正餐再來吃蛋糕比較實在。

手機再度響起，是男友打來的，但洪艾如完全不想接聽。

姐妹淘聚會硬要跟，他根本沒有跟的理由，跟來幹嘛？跟大家都不熟，又沒共同話題，還會害得每個人尷尬！不讓他跟就鬧脾氣，昨天喝掛了當然不可能跟他報平安或是回電，現在就在這裡給她臉色看！

少在那邊什麼不該喝得這麼醉，出去玩就是要HIGH啊，誰規定交了男朋友就這個不許那個不行的？她又不是犯罪坐牢！煩死了！

洪艾如完全拒接，甚至直接封鎖，少妨礙她叫外送。

叫完外送後她便傳訊給姐妹淘群組，說自己終於清醒啦！大家有一搭沒一搭的聊著，直到庭喜傳了一句：「喂，妳男人打電話給我耶！」

「不要接！不要管他！」洪艾如一通電話直接打過去，「有完沒完？他打給妳幹嘛？別接啊！」

『才剛醒來都能吵架喔？』庭喜只覺得厲害。

「昨晚不讓他跟就惱我到現在，我今晚不想理他！不要破壞我好心情！」洪艾如緊皺著眉看向天花板，「我的天哪！怎麼會有人選擇重色輕友呢？跟朋友在一起無壓力又快樂，跟男友就是問東問西、管太寬！」

『有的人喜歡被管啊，還有個名詞叫關心。』庭喜說文解字。

「打關心之名、行控管之實的例子我們看得還少嗎？身邊不就一個？」挑了眉，洪艾如當然是指余晴潔，「啊！我外送來了！掰！」

洪艾如當即跳下床，衝到桌子邊略整理一下服裝儀容，然後等待著電鈴響起——叮！

「嗨！」打開門時，她給了朵燦爛的笑容。

「洪小姐！」外送人員果然是那間麻辣湯裡的高帥男孩，「妳點的餐，紅茶幫妳升級大杯，還多了兩塊鴨血。」

「這麼好！」洪艾如接過餐點，「謝啦！」

「不客氣。」男孩靦腆的說著，一雙眼不知道該放哪兒。

因為洪艾如穿著低胸絲質睡衣，裙長只比大腿根部多一點點而已，完全展露性感曲線！

他當然認識這個顧客，很常點他們家的外送，都已經熟客到會另外給她加菜了，而且每次只是看到地址是她家，他都會搶著要送來，沒辦法，就正妹啊。

「回去小心點。」洪艾如微笑著，緩緩關上門。

都吃了快一年了，每次都是這位帥哥送餐，有她的電話也有地址，但是好像想再進一步有點困難喔？

她原本以爲那個男生應該對她有好感的，因爲去年聖誕她跟男友大吵，取消約會行程回家後怒點一堆食物，結果那天男孩送餐時還送她花呢！總期待著他能開口邀約或是做個朋友之類的，結果聖誕節的花之後就沒下文了。

拎著熱騰騰的晚餐，她沒好氣的準備大快朵頤。

叮咚——電鈴聲突然又響起，但這次洪艾如卻是緊繃著身子，回頭狠瞪了大門！

「千萬不要是他。」她咬牙低咒，該不會是男友殺過來了吧？交往前就有明文說過，吵架或是不爽時，絕對不許突然殺過來。

因爲她要的就是冷靜，不是跑過來侵犯她的個人空間！

躡手躡腳的走到門邊，做好心理準備後，才從貓眼往外看……那個男孩！

喀噠，她打開了一小個門縫，「還有事嗎？」

「呃……我……」男孩漲紅了臉，「我是想說，能不能——」

餘音未落，洪艾如已經從門縫中遞出了紙條，這張紙頭她放在玄關鞋櫃上很久了，是她的社群帳號。

男孩愣愣的接過，一看到上面的ＩＤ瞬間又驚又喜，看著她完全無法說話，後退走路時還同手同腳，超級可愛。

洪艾如沒再說話，只是把門關上，然後背靠著門板大喊YES！

「啦啦啦！」她輕快的跳著舞步，「看來換男友的時間到了！」

她早就想分手了，去年聖誕到今天每天都在想，他們現在見面就是吵架，連幾天沒聯絡一講電話也是吵，吵到她精疲力盡，如果價值觀不合，眞的還是早早分好了，大家都別拖累彼此啊。

「幸好這一個不是小潔前男友那種咖，不然眞可怕！」她打開一碗碗分裝的麻辣燙，先喝紅茶解渴，「睡覺前發分手短訊好了。」

她抱起手機盯著，期待跳出某某某加她爲好友，YES！

她開心的按加入，原來男孩叫小彥啊！犬系模樣的大頭貼……洪艾如下意識抹了頸子上的汗，奇怪，屋裡怎麼這麼熱？

「今天溫度有這麼高嗎？」她起身打開電扇，記得氣象說才二十二度啊，她怎麼覺得屋內溫度不只這麼低？

到窗邊想開窗，卻看見窗戶上的水珠，這幾天熱就算了，濕度又超高，又黏又濕的天氣最令人討厭。

她最後放棄開窗，而是選擇把電扇開大，然後打開了除濕機。對，打開除濕機室溫會增高一些，但總比這麼濕黏黏的好吧。

由於小帥哥還要上班，當然沒能跟洪艾如盡情聊天，他們約好他下班回家後聊，洪艾如也欣然同意，於是就在愉快的氣氛下吃完目前爲止最好吃的麻辣燙！

吃完後全身流汗，洪艾如隨手把東西擱在洗碗槽後，就準備去洗澡了。

啪！眼尾突然好像瞥見了什麼亮光，洪艾如錯愕的止步，她看向除濕機的方向，剛剛有什麼東西閃了一下嗎？

跳電的話除濕機會停止，不會吧？她聳聳肩，抓了換洗衣物就走進浴室裡。

除濕機持續運轉著，聲音也越來越大，牆上冷氣機的溫度計上，石英數字開始不斷的跳動，26、27……28度。

洪艾如住的地方不是使用電熱水器，是傳統的燃燒熱水器，但非常安全的放在陽台戶外牆上，沒有一氧化碳中毒的疑慮。她滿身大汗，不知道是因爲興奮，還是麻辣燙太辣的關係。

站在蓮蓬頭下洗著新買的玫瑰香氛沐浴乳，卻不知道一牆之隔的陽台上，那台熱水器的點火裝置正啪啪啪的閃著火星。

熱水器中的火排組再次點燃，卻是驚人的火勢，一口氣想把水煮滾似的！

洪艾如正想掛好沐浴球，乾濕分離的門突然磅的一聲巨響兼震動。

「哇啊！」她驚聲尖叫，她沒有看到什麼東西，但門就像是被人拍了一下的感覺啊！

洪艾如嚇得差點滑倒，縮在角落裡，看著門上那若有似無的黑色殘影，她的隔水門剛剛應該沒有那片髒汙的、看起來很像……掌印？

水蒸氣突然變得很大，自蓮蓬頭沖出的水花，開始濺到角落的她身上，「哇！」

她縮起腳，好燙！莫名其妙的看著水蒸氣越來越濃，在淋浴間裡的她嘗試伸出手要去摸摸看水溫，結果尚未觸及，就被燙著了！

「好燙喔！」她大叫著，水蒸氣的溫度高到令人難受，她已經無法去在乎剛剛撞到防水門的可能是什麼東西了，推開門就衝了出去！

炙熱的水蒸氣令人難受，她一路衝出浴室，那溫度像是能燙死人似的！

「水能有這麼熱？」她反應極快的轉身離開，直接衝到陽台去，先把熱水器關掉就好了！

推開陽台的那瞬間，洪艾如知道火熱的水哪裡來的了——她熱水器的火，大到幾乎在焚燒整座熱水器！

熱水器中心的火勢超大，哪是什麼熱水器的小火，那火燄比她烤肉時的火還要誇張，火舌又大又藍，煙從排煙縫中冒了出來！只是這火竟沒有燒掉這座熱水器，洪艾如鼓起勇氣，快狠準的關掉下方的開關閥。

瓦斯一斷，火勢立刻熄滅，洪艾如心有餘悸的看著那鐵皮熱水器，滿腦子不可思議。

「怎麼會有這種事!?火這麼大，管線不會被燒掉嗎？」她伸手想要摸一下鐵板，突然意識到這樣也太蠢，所以回身進屋裡，從冰箱裡拿塊肉出來做實驗。

薄薄的火鍋肉片甩上鐵板的瞬間，發出了滋滋響聲，眨眼間烤了個全熟。

天哪！這也太可怕了吧！洪艾如連忙把肉片取下丟棄，怎麼想都覺得太神奇，這件事得跟房東好好談談，這種熱水器會殺人吧？

平復心情後再重新回到浴室裡，此時浴室裡的煙已經漸漸散去，因爲蓮蓬頭出來的已是冷水了。

降溫後她也不敢再洗熱水澡，反正天氣這麼熱，她隨便沖個冷水澡就算完事了！離開時刻意多瞥了防水門一眼，上面剛剛的黑色印記已經隨著水蒸氣溶解銷失，她突然想到，如果剛剛沒有那詭異的撞擊，害她嚇到閃躲，她是不是就會被水給燙傷了呢？

換上睡衣步出浴室，依舊心有餘悸，趕緊拿手機播放著搖滾音樂，好讓自己分點神。

但這份平靜沒有兩秒，她卻聞到了燒焦味，但是她屋子裡每個角落看起來都相安無事！

洪艾如掩著鼻跑到窗邊開窗，然後再衝到廚房去查看有沒有哪邊出問題。她還特地查看了電箱，完全正常。

「不會吧？外面傳進來的嗎？」洪艾如跳起來，再度衝向窗邊，「妳這個蠢貨！洪艾如！」

她趕緊把打開的窗戶關上，如果是外面飄進來的，那她開窗眞的蠢爆。

「有夠難聞的！」她碎碎唸著，可是家裡每個地方都很安全啊！「哪邊失火了嗎？」

唉唷！她刻意跑到窗邊左顧右盼，希望別在自己家附近，等等被波及到就不妙了。

「煩耶！一晚上都讓我這麼心浮氣躁的！」洪艾如不悅的唸著，擦著不停冒出的汗，這才發現冷氣機上的溫度顯示爲：34度！

這麼熱？她二話不說，拿起遙控器便打開冷氣，溫度直接調到22度！

「冷靜冷靜，溫度高果然會讓人煩躁！」打開冰箱，一陣冷氣襲來，舒爽得多！她拿出昨天帶回來的蛋糕，準備來享用飯後甜點啦！

轉身到廚房拿個甜點盤，可愛的蛋糕，就要用可愛的盤子裝。

『骯髒。』

咦！洪艾如倏地回身，爲什麼好像有人在說話？

拿著盤子踅回餐桌，音樂依然大聲的響著，這首曲子是外國歌手，不該會有國語啊！

『妳需要淨化！』這一次，手機裡清清楚楚的傳來有人說話的聲音了！

「咦！跳頻嗎？」洪艾如即刻抓起手機，想關掉音樂，但螢幕卻完全不爲所動，而是擅自跳出了一堆圖片。

火燄、各種火的圖片，橘色的火燄的確很美，但一張接一張，洪艾如想強制關機都沒有辦法。

然後，畫面一陣錯亂，跳到了影片的APP中。

影片裡是個房間，接著突然有東西燒了起來，然後有個人緊張的開始滅火，對方是拿著被子去撲滅火勢的，但沒多久，火卻越來越大，幾乎燒遍了整間屋子。

『救命！』求救的是男人，『咳咳……咳！救命！』

洪艾如看著影片裡的火呑噬著所有東西，直到燒上了男人的衣服，『哇啊啊……』

男人在地上打滾著，但火苗卻沒有消失的跡象，而是越燒越旺。

『好熱！好燙！』男人跳了起來，想是要把身上的火撥開似的。

但是火舌卻疾速的包裹住了男人，隔著螢幕，洪艾如彷彿都能聽見燒焦的劈啪聲，還有火燒那男人的焦臭味……劈哩，啪啦……

『哇啊啊——哇——』男人慘叫的聲音令人毛骨悚然。

洪艾如以爲，在被燒死前，應該先會被嗆暈的吧？高溫的煙會先燒掉聲帶與氣管，然後窒息而死，爲什麼會像火烤一般，感受到被火焚燒的感覺呢？

隨著慘叫聲的淒厲可怕，洪艾如急得想關閉音量，但聲音卻只是越來越大，慘叫聲越來越令人恐懼。

『啊啊啊啊——啊——』撕心裂肺的慘叫聲，讓人難以承受。

畫面裡的東西全數沉入火海中，而那個人痛苦的跪在地上，身子扭曲得後仰著，因爲被火焚燒而痛苦。

然後，火燒出了螢幕之外，瞬間點燃了手機。

「哇呀！」洪艾如嚇得鬆手，手機登時掉在餐桌上。

但那不是錯覺！她的手機真的正在自燃起火，而且玻璃開始碎裂，傳出了惡臭味。

「什麼東西啊！」她尖叫著，不明所以的看著自燃的手機。

無獨有偶，她右手邊餐桌上那個蛋糕，居然就在她眼皮底下，眨眼成灰——那真的是一瞬間的事，她連火都沒看見，就瞧見了一顆燒黑的蛋糕！

怎麼……這怎麼回事？洪艾如完全空白，呆站在原地，她究竟是看見了什麼!?

除濕機的引擎聲突然變得轟鳴，像是機器壞掉似的喀啦喀啦，還在驚愕中的洪艾如嚇得朝除濕機看去時，卻看見除濕機原地劇烈晃盪，緊接著火花爆了出來！

除濕機上方她還放了剛剛擦頭髮的毛巾跟衣物，火舌輕易的就點燃了衣服！

「啊啊……」洪艾如慌張的回頭，直覺的想抽過抹布要上前滅火，但才一旋身，瓦斯爐倏地自動點燃，兩道沖天的火燄向上直接燒到了排油煙機。

轟——火燒上滿是油汙的排油煙機，一秒延燒！

「呀……呀——」洪艾如終於察覺到不對勁了，她的廚房燒起來了，桌上的手機與蛋糕已成焦黑，客廳的除濕機整台都在燃燒，上面的衣物更是助燃的引發大火！

她得報警……想找手機才想起她的手機已經燒掉了。

不是啊，無緣無故她的手機爲什麼會燒掉？不不不，這有問題，從熱水器開始家裡就不太對勁了！

恐懼瞬間襲擊著她，洪艾如什麼都不帶，立刻衝出了門外——才一轉彎，她的玄關那兒卻站了一個人。

「哇啊——哇——」她嚇得魂飛魄散，還因爲急刹而踉蹌倒地，「你是誰，怎麼進來我……我家!?」

啪！除濕機就在她身後兩公尺，熱浪般的火燄燒得她心驚膽顫。

一個陌生男人莫名其妙出現在她家，站在那兒睥睨著她。

洪艾如朝自己的左後方挪去，慌張的想站起，卻數度因腳軟而跌倒，一旁的除濕機越燒越嚴重，空氣中也開始滿佈濃煙。

『美吧！』男人邁開步伐走向她，『能被這麼美的火燄淨化，妳會變得純淨的！』

「你是誰——救命！救命——」洪艾如扶著牆站了起來，轉身朝窗戶那邊奔過去！

她要向外求救……咳咳，否則她會被——刹！身後一雙手臂驀地環抱住她，力道大到直接將她向後拽去！

「啊啊！哇——放開我！放開——你這個死變態，你怎麼進……咳咳！咳……」

她的客廳已經燒起來了，沙發、衣服、桌子……冷氣機釋放出的冷氣也敵不過這烈火高溫。

『像妳這麼髒的人，就需要用火徹底淨化。』男人附耳在她耳邊說著。

「誰髒……你放開我！呀——咳咳！」濃煙嗆進了氣管裡，洪艾如無法再大喊。

男人輕鬆的抱著她來到起火點的除濕機旁，廚房的火燄已經延燒到客廳，某個瞬間電箱終於燒毀，世界陷入了一片黑暗……只剩下這燃火的屋子。洪艾如痛苦的咳嗽，連掙扎都失去氣力，濃煙甚至嗆得她睜不開眼，她……

「啊呀——」燒灼的痛楚驀地傳來，她痛得尖叫。

努力睜眼，卻發現她身上居然著火了……不，不是，是那個男人的身上著火了，而他死抱著她，所以才會燒在一起！

放開！好痛！洪艾如喊不出來了，只能用盡力氣掙扎著。

男人的身體開始起火燃燒，火燄熱情的焚燒著他，也一起燃燒著洪艾如，燒在肌膚上劈啪聲響，燃燒蛋白質的臭味開始散發而出，洪艾如珍貴的長髮頓時燒成一團，錐心刺骨的痛傳遍她全身！

「呀——」她痛得張嘴想尖叫，男人突然將手放進了她的嘴裡。

那團燃燒著的火，就這麼送進了她的體內。

啊啊啊——呀———洪艾如發狂的張開了雙眼，好痛，好痛，好痛啊——

消防車一車接一車的穿梭在大街小巷中，所有居民都遠遠看著那竄燒的黑煙，一重一重如同空中的海浪，往更高空送去。

「好像燒得很嚴重啊，這麼大的煙。」

「我看網路說一整棟都燒起來了，現在還有很多人沒逃出來耶！」

「而且已經延燒了十幾戶了！」

遠遠的，一棟四十五樓的大樓正被火舌包裹，起火點疑似是二十七樓，但也有人說是一樓，最可怕的是火勢延燒得之厲害，根本難以救援。

消防人員拉著水線，拼命的想搶救。

「必須上去！上面還有很多人！」

「一樓唯一的出口現在都被燒成這樣了，人們一定往樓上跑！」問題是，煙比人快啊！

「空中灑水呢？還沒來嗎？」

現在只能先針對低樓層的人展開救援，許多人在窗戶邊驚恐的哭喊著，消防隊員在地面展開氣墊，以防他們受不了高溫而往下跳。

許多圍觀的群眾也希望能盡一份力，但看著這一整棟大樓幾乎都要被火舌吞噬，簡直不敢想像裡面的人該如何逃出生天？

「四樓有人！那邊有人！」有圍觀者注意到大樓的另一面，是在巷子裡，「那邊有空間可以讓他們跳下來！」

「誰的機車快去移開啊！快點！」

民眾們熱情的奔相走告，希望給消防人員清出一條路啊！

每個圍觀的人眼中，跳躍著橘色的大火與濃濃的黑煙，但唯有一雙眼裡還滿載著雀躍與興奮。

看，多美啊！火燄就是如此迷人，橘與黑在舞動，搖曳婀娜多變的身姿，不管到哪裡都能吞噬一切。

無論是有錢人或是窮苦者，美麗或是醜陋，在火的面前全部都一樣，不值得一提的平等。

好美麗啊！而且聽見火裡傳來的聲響，也如同迷人的樂章。

燒掉一切，淨化一切，什麼都會乾乾淨淨的對吧？微笑被口罩遮擋，沒有人知道在這片圍觀的人群中，有個人正享受著火勢吞噬人命的一切。

這場火從晚間十點一路燒到了天亮，由於煙囪效應，延燒得極度劇烈，一直到清晨仍舊無法撲滅，消防隊員也難以進入搶救；低樓層的人或跳窗、或由雲梯車救走，直升機也從樓頂陸續救出了待援人員，無奈失聯的人依舊多數。

而在樓梯間裡拼命撥打手機的余晴潔，完全無法克制發抖的身子，「接電話啊！洪艾如，為什麼不接電話？」

她幾乎都要尖叫了，想把手機往牆上扔了過去！

她早上醒來時才知道火災新聞，那棟南原大樓就是艾如住的地方啊！群組裡大家都在互傳訊息，他們約好由劉卉音一個人負責聯繫，但直到白天卻完全沒有洪艾如的消息，電話是直接進語音信箱。

目前出來的傷者名單也沒有她，她在失聯名單中。

「別鬧了，拜託！」她轉身靠著牆壁，淚水無法控制的滑下。

喀啦，樓上傳來開門聲，她嚇得趕緊直起身子，想把淚水抹掉，聽著足音往下，是同事。

「小潔……還好嗎？」女孩一眼就知道她在哭，「妳朋友還沒聯繫上？」

一問起洪艾如，余晴潔當下就淚崩，她一句話都說不出來，蹲在地上還是失聲痛哭。

「小潔！唉呀，沒事沒事！」同事也只能上前安慰，「妳別急，不是說現場很亂嗎，說不定妳朋友已經逃出來了！」

「二十七樓……有人說起火點在二十七樓！」余晴潔已經泣不成聲，艾如就住二十七樓啊！

「但我剛看新聞說，起火點在一樓，有人在那邊潑汽油燒機車！」

咦？余晴潔倏地抬頭，「一樓？」

「就很缺德啊，在一樓放火！」同事只能輕拍余晴潔，「妳要不要請假先回去看看？」

她用力搖頭，她才剛請幾天假，不能再繼續請……「對不起，再給我幾分鐘，我調適好我就會趕快出去工作。」

「妳眞的……」

「我沒關係，我還有其他朋友在幫我們注意這件事。」元寶昨天親自跑到現場去過了，二十七樓是雲梯車搆不到的地方。

他們只能祈禱，艾如要嘛不在家，要麻上了頂樓。

同事知道她想一個人靜靜，所以先行離開了樓梯間。余晴潔覺得心好痛，前晚他們不是才在一起狂歡？才爲艾如慶生？爲什麼不到二十四小時就發生這種事？

「我要去工作了，拜託有情況一定要通知我。」她在群組打上訊息。

「沒問題！」大家紛紛回傳。

情緒無法平靜的她，是無法照顧病人的，她一定要專心，拋去個人情緒，她的病人都不是普通人，絕對不能讓他們難受。

手機突然跳出來電，余晴潔激動的舉起來看，一見到是陌生來電，喜出望外的接起。

「喂，洪艾如，妳是不是在哪間醫院？」

『……呃，余晴潔小姐？』電話那頭，是一個聲線挺輕的女孩。

不是艾如，余晴潔心沉了下去。

「對不起，我以爲是我朋友。」她冷冷的回絕，「我不接受推銷，抱歉。」

『我是百鬼夜行的那個女生！昨天騎腳踏車那個！』厲心棠趕緊出聲，『我有事想問妳耶！』

百鬼夜行？啊，余晴潔有點尷尬，她想起來了，昨天的她大概喝了酒變大膽，所以才突然想要跟那個美形的德古拉 Bartender 攀談。

但現在，她已經沒有心情了。

「抱歉，我現在沒有心情，我……」

『我想請問妳最近身邊有沒有什麼怪事啊？』厲心棠直接問了，『覺得好像有人跟著妳，我不是說眞的人喔，我是說……呃——』

「我聽不懂妳在說什麼！對了，昨天早上眞的很謝謝妳幫我解危。」余晴潔想起來，還沒正式的跟人道謝。

『妳有沒有覺得好像被注視著……不對不對，妳有沒有聞過身上的味道啊？』厲心棠熱情的問著，『總是聞到燒焦味？或是身邊會莫名其妙著火？東西會燒起來似的？』

火？余晴潔想起了昨晚的火災，鼻頭又是一酸。

「爲什麼這麼問……我、我朋友住的地方昨天發生火災了！」余晴潔哽咽的說著，「我現在還聯繫不到她，我眞的沒辦法跟妳聊這些五四三！」

火災！電話那頭的厲心棠當下倒抽一口氣，『結果是妳朋友先出事嗎？』

咦？正準備切斷電話的余晴潔即刻把手機抽回，「妳剛說什麼？什麼叫我朋友『先』出事，還有誰後來也會出事嗎？」

『方便見面談嗎？我不是推銷也不是詐騙啦，我就是覺得妳身邊可能惹到什麼東西了！』厲心棠認眞的說，『我想見面跟妳談談。』

劈頭就說人家最近有沒有出事、又說被東西跟著，如果這個女孩是神棍，手法也太拙劣了。

「妳是陰陽眼嗎？或是神通？」余晴潔忍不住對著電話裡大吼，「這麼有本事的話，妳先幫我把我朋友找出來啊！」

忿怒的掛斷電話，余晴潔回身用力搥了牆，結果手疼得在原地又跳又哭，都什麼時候了，還有人打來亂！

還聞聞她身上的味道咧！余晴潔抹乾淚水，她得先去洗手間確定自己沒事，患者中有人極度敏感，她可不想被發現，這只會徒增患者的不安。

做好心理準備，她打開門進入了院區，而在她正樓下的太平梯門邊，正靠著一個在吃洋芋片的人。

「怎麼這麼重的焦臭味？」

他重重嘆了口氣，把洋芋片塞入口中後，一步步慢慢的朝上走去，一邊走一邊皺眉，走上平台，準確的走向了剛剛余晴潔站著的位置。

地上有一片如散沙般的黑色渣滓滾動著，他猛地伸腳一踏，焦炭成灰。

不會吧！他猛然拉開安全門，正巧看著從洗手間走廊步出的余晴潔，她已經換上一副親切的笑容，推著藥車走到了聚會廳。

「李爺爺，欸，不要跑！慶祝我回來上班，你再怎樣也得把藥吃光吧！」

「……」李爺爺正一個人在下棋呢，一臉如喪考妣，對著對面的空位說，「老趙，你看，我說那個很嘮叨的護士又來了，每次都叫我吃藥。」

余晴潔已經把藥遞給了李爺爺，一手拿過一小包話梅晃了晃，李爺爺雙眼都亮了起來。

「吃完就有梅子喔！」她像哄孩子似的哄著李爺爺。

爲了梅子，李爺爺不假思索的呑掉了那一杯藥，趕緊再接過水，大口大口的灌著。

「我要吃滿天星！」旁邊一個四肢扭曲的男人走了過來，「小潔護士，我要吃……滿天星！」

「這幾天表現有好嗎？那是要很棒很棒時才有喔！」小潔看著那男人過來，跟孩子般似的抱住她。

雖然他已經四十八歲了，但心智年齡是永遠的五歲，她不在意。

「啊！好臭！」男人突然鬆手，掩鼻向後，「小潔好臭！」

「咦？有嗎？」這可讓余晴潔尷尬極了，趕緊拉起衣服來嗅聞自己身上的氣味。

「燒焦了，有東西燒焦了！」男人嚷嚷起來，繞著整間跑著，「燒焦了，小潔燒焦了！」

咦——余晴潔登時愣住。

『妳最近身上有沒有什麼味道？燒焦味？』

剛剛那女孩的話，言猶在耳！

而站在一旁的男孩眼裡的交誼廳中，有一群特殊病患，還有一群極有耐性的護理師們。

而中間那個正在嗅著自己衣服發愣的是，全身燃著火的女人。

第四章 屋子的前身

男人緊張的伸長頸子，拼命的想擠過封鎖線，但被人一直攔著，看著一具具覆著白布的擔架被抬出，心裡只有一陣恐慌。

「讓我過去！」對面也有另一個人激動的喊著，「我女朋友住在這裡！」

啊！元寶看見了王騰，洪艾如的男友！

「王騰！」他扯開嗓子喊著一邊揮手，「這裡！我元寶！」

「啊……元寶！艾如呢？看見她了沒？」王騰緊張的喊著，元寶緊皺起眉搖頭。

兩名警察分別上前，詢問了這兩個隔空叫喊的人，「你們找誰？」

「二十七樓的洪艾如。」元寶緊張的喊著，「我是她朋友，對面那個是她男友，我們已經打了一整天的電話——」

「二十七樓幾號？」警察沉著聲打斷了他們的話。

「二十七樓之……不知道！就角落那間……面對這條路的！問他啊！我們沒注意過地址。」元寶跟前的警察用無線電與對面的同事說著，「好，你跟我來！」

警方要元寶跟他走，元寶喜出望外，看著對面的王騰也被一同帶離，情緒突然激動起來！洪艾如是不是沒事？已經先到哪間醫院就診了？他們兩個分別被帶到角落去，警方給了他們一張紙。

「這是殯儀館，你們去那邊後說名字跟住址，會安排你們認屍。」警方沉痛的拍拍他們，「請節哀。」

王騰當場愣在原地，元寶的雀躍之情瞬邊被冰凍。

「不是……等等，你們怎麼確定……」

「二十七樓角落那戶已經抬出去了，因為只有那戶葬生，所以……很遺憾。」

元寶呆站著，身邊的王騰發出撕心裂肺的哭喊聲，「不——艾如！」

洪艾如走了？前晚還一起唱歌慶生的壽星怎麼會……她真正的生日都還沒過啊！

心臟一陣緊窒，元寶都忍不住落下淚來，「不不……這太扯了！這他媽的太離譜了！」

大家明明都好好的！

「都是我不好，我找她吵架！如果我陪著她的話，說不定就不會有這種事了！」王騰痛哭失聲，完全無法控制情緒。

「你……你快去啊，順便聯繫她的家人。」元寶茫然的拍拍他的肩，逕自走到角落去，顫抖的手在手機上遲疑，不知道該怎麼發訊息給大家。

他焦急的抽起一根菸，連往嘴裡塞都不準，隨手拿起打火機要點燃，卻無論如何都點不著，噠啦、噠啦，達——轟！

倏地一團火從打火機裡竄出來，直接燒掉元寶額前的前髮。

「喂！怎麼了！？」消防隊員就在附近，對火極為敏感的他們緊張衝上前。

元寶側身貼著牆，手上的打火機早因為燙手直覺性甩掉了，他傻在那兒，頂著一頭還在冒煙的捲毛頭髮，不知道剛剛發生了什麼事。

「點菸嗎？」消防員先檢查了打火機，「怎麼會把頭髮都燒了？」

「我不……不知道……」

另一個警察走過來，親自為元寶點了菸，然後向消防員示意這兩個是死者的親友，情緒可能尚且激動。

「可能這打火機有問題，別用了。」消防員拾起打火機，也不再說什麼的拍拍元寶的肩。

那火燄得超過二十公分以上，才會燒到那男人的頭髮啊！

消防員謹慎的看著手裡普通的打火機，這又不是噴火槍，普通的打火機根本不可能有這種威力啊！

不安的朝大樓看去，這裡現在這麼多條人命，該不會是……「阿彌陀佛，請大家安息，我們在做現場清理，一定會好好帶你們走的。」

「你沒事吧？」王騰走了過來，看著元寶的捲毛，「艾如父母找不到她，已經搭車過來了，我要去殯儀館找他們……你要來嗎？」

元寶飛快的搖頭，「我、我我、我先聯繫劉卉音她們。」

「那好。」王騰也不再說什麼，因爲元寶一臉驚嚇過度的模樣，或許他需要緩緩。

兩個人都不再多說什麼，王騰率先離開，元寶又在那兒站好一會兒，最終才把訊息傳了出去。

「洪艾如走了。」

晚上七點，厲心棠焦急的在約好的咖啡廳外面走來走去，她跟余晴潔約好六點半在這裡見面的，結果時間到了不見人，反而讓她非常緊張。

「怎麼辦怎麼辦……該不會出事了吧？」好不容易調了班，今晚她想知道一些什麼啊。

一台腳踏車在她面前急刹，刺耳的聲音嚇得她跳起來。

「咦——欸！」定神一瞧，這擁有憂鬱美少年氣質的男孩是誰啊！「闕擘！你怎麼在這裡？喔不，你怎麼知道我在這裡？」

哎唷，昨天約他出來講火焚鬼的事，完全不理不睬，怎麼今天會知道她在這裡啊？

「麻煩不要過多揣測，妳找的余晴潔走不過來，她在車站崩潰了，上車吧。」闕擘帥氣的調轉腳踏車，厲心棠還沒反應過來。

但她信闕擘，他們兩個可是一起出生入死過的呢！最重要的她每次幫忙魍魎魑魅的過程絕對少不了闕擘的幫助！因爲他比她更容易看得見那、些、好、兄、弟呢！

「你爲什麼會認識余晴潔？」一上車厲心棠就問了，「而且還知道我在這裡？」

闕擘始終如一的戴著黑色的耳罩式耳機，也不知道有沒有聽見她說話。他是個從小到大極易看見鬼的人，所以非常不喜歡跟人打交道，他希望自己的世界只有他一人，沒有鬼也沒有任何紛擾，甚至也不希望有人吧！

結果，偏偏認識這個很愛多管閒事的話癆。

這個在一堆鬼跟妖怪之中長大的傢伙，特愛管閒事，一會兒要幫亡者找出死亡的原因，一會兒要幫哪個鬼回家，說眞的，她愛做就算了，但爲什麼一有事就會想起他？

他不是一臉厭世嗎？他厭世力明明開到最高了啊！

車子一路騎到車站，厲心棠跳下車，仍舊好奇的看著他，「你還沒說啊！」

「妳不能當作偶遇嗎？」

「少來，偶遇你會知道她叫什麼名字？還知道我在咖啡廳那邊等她——啊！」厲心棠突然吃驚，「你女朋友？」

喔天哪！她早該想到有這種可能，闕擎平時就是一副冷傲臉龐，全身黑色裝束擁護者，黑髮黑眸黑衣黑褲的，但精緻五官自帶一種貴公子神祕氣息，這種酷模樣的男生可不輸德古拉的魅力，總之長得好看啊，有女友也不意外……欸，不對。

「不是不是，她喜歡的是德古拉那種類型的！」厲心棠連忙搖頭，如果她有男友怎麼可能會想跟德古拉做朋友！

闕擎鎖好腳踏車，逕自走上階梯朝車站走去，女朋友？這種想法虧她能想得出來，誰跟他交往誰倒楣吧？哪個女人會想跟他交往？

走進大廳，就看見有一群人包圍著某處，看來中心就是余晴潔了。

「別哭了，妳怎麼了？真的不必叫警察嗎？」

「不必不必！我來了！」厲心棠趕緊奔上前，「不好意思，她是我朋友！」

熱心的路人對她投以疑惑神情，「她哭得很難過耶，好像出了什麼事。」

「對，抱歉我們剛剛有朋友出事。」她感謝路人的幫助，路人們恍然大悟，原來如此。

否則這個女孩坐在長椅上，突然間就崩潰大哭，連站務人員都過來關心了，她卻一個字都說不出來。

可一聽見厲心棠的聲音，余晴潔倏地抬頭，激動的扯住她的衣服。

「妳……妳知道爲什麼對吧？」她扯著她站起身，「不然妳不會打電話給我，還跟我說什麼誰先出事、還提到火災！」

「停……停……」厲心棠朝向四周乾笑，路人都還在呢！「妳冷靜一點，妳這樣我沒辦法跟妳好好說話。」

「洪艾如死了，她死了……我們才在一起狂歡慶生而已，她就這樣被燒死了！」余晴潔再度頹然的坐了回去，剛剛在過來的車上，她收到了元寶的訊息，原本以爲自己可以冷靜，但一走到這裡，車站的電視牆上正在播報燒黑的南原大樓，七十四人的罹難，她就崩潰了。

站在一旁的闕擎凝視著她，這女人恐怕不知道，她現在也正在燃燒啊。

厲心棠趕忙坐到她身邊，「對於妳朋友的事我很遺憾，但我找妳是因爲……我覺得妳被某種不好的東西纏上了。」

余晴潔用厭惡的眼神看著她，「什麼東西？」

「一個跟火有關的惡靈。」厲心棠試圖用簡單的方式說明，誰叫她的眼神好可怕喔，「原本只是個被火燒死的好兄弟，但他開始殺人殺生，所以轉成惡靈……而他，似乎跟著妳。」

余晴潔眉頭越皺越緊，「妳知道自己在說什麼嗎？」

「妳知道昨天那個惡靈跟妳進入百鬼夜行嗎？」厲心棠一秒反問。

「什麼!?」余晴潔倒抽一口氣，「爲什麼這麼說？誰看到了——妳又不在。」

「但那我家啊，有看得見的人知道。」厲心棠循循善誘，「妳渾身都是燒焦味、妳走過的地方都會留下燒焦的炭渣。」

她跳了起來，「我沒有！」

今天在醫院裡，敏感的患者都這麼說了！但是她自己怎麼聞都聞不到啊，其他同事也沒聞到！余晴潔當場原地繞了一圈，什麼煤炭渣，全部都是胡說八——低首一瞧，她剛坐著的地方，有些許黑色渣滓就在那裡。

「我不是陰陽眼喔，連我都可以看見了！」厲心棠用力一把抹向椅子，那些碎粒瞬間成灰，她把滿手灰展現在余晴潔面前，「妳眞的被纏上了。」

「不……爲什麼？這太扯了！」余晴潔一時無法接受，「爲什麼會有這種事？而且爲什麼要纏上我？難道——啊！難道艾如的事跟我有關？」

「呃，我只知道有東西跟著妳，但我不確定她的死跟妳是否有關。」其實她也很意外，她朋友眞的死於火災啊！

「有關。」

一旁沉默良久的闕擎開了口，兩個女人同時朝他看過去。

「闕先生？」余晴潔戰戰兢兢的看著他，「這就是你、你堅持要我來的原因嗎？你早知道了？」

「闕先生？」哇喔，好客氣喔，厲心棠趕忙跑過去，「你看見了嗎？那個火焚鬼在她身邊嗎？」

「火焚鬼？」闕擎略挑了眉，「原來如此啊！」

余晴潔吃力的朝他們走來，他們在說著她完全不理解的東西，「火焚鬼是什麼？跟上我有什麼目的……在我後面嗎？」

「現在沒有，但妳的確被纏上了。」闕擎沒有保留，「在我眼裡的妳，正在焚燒。」

咦！余晴潔聞言嚇得臉色慘白，全身開始發抖。

「別抖別抖！他說的只是一種意象，看不到就當沒事！」厲心棠趕緊扶住她，「我是來幫妳的，我想試著阻止那個火焚鬼。」

余晴潔搖著頭，痛苦的搖了再搖，資訊量大到她無法承受，先是洪艾如確定死亡，現在這個「百鬼夜行」的女孩跑來說她被惡靈纏上了？連一向沉默不語的闕先生都這麼說：她在燃燒？

燃燒的該是艾如才對吧？

「艾如的死跟我有關嗎？為什麼？」她突然激動的上前要抓住闕擎。

哇咧！闕擎飛快的一個平移後退，閃躲掉撲上的余晴潔，而厲心棠則趕緊拉住她，省得她撲空衝向前。

「他不喜歡別人碰他啦！」厲心棠趕忙勸阻，「妳不要這麼激動！我來就是想知道為什麼妳會被跟上，試著幫妳擺脫掉那個火焚鬼的！」

「我……如果是我害的怎麼辦？」余晴潔再度痛哭失聲，「我又沒做錯什麼事！好不容易才以為可以有好日子……」

「唉。」闕擎明顯的嘆了一個極度不耐煩的氣，現在是在這邊哭的時候嗎？

不是應該要速戰速決？

找到爲什麼被火焚鬼跟上的原因，解決、處理、或是跟火焚鬼好好溝通一下！

昨天那場火災不是只有她或她朋友出事而已，是整整七十四條人命啊！

「好啦好啦！」厲心棠聽出他那聲嘆息中所有含意，連忙拍拍余晴潔，「余小姐，我知道妳很難過，但我們需要快點解決這件事，也才不會讓妳朋友白死啊！」

余晴潔淚眼汪汪的看著她，顫巍巍點點頭，「妳是……」

「喔，我叫厲心棠，厲害的厲、心中有海棠的兩個字心棠，妳可以叫我棠棠。」厲心棠趕緊自我介紹，「他是……啊你們認識就不說了！妳最近身邊有發生過什麼特別的事？」

余晴潔蹙眉，「昨天的事不算的話。」

「那不算，妳昨天來店裡時就已經被跟上了！」與那位跟蹤狂無關，「有什麼新改變嗎？或是發現特別之處？」

「都沒有！我從我前男友那邊逃開後，在朋友跟同事的幫助下才獲得新生，搬到新家，徹底躲開那傢伙，所以前晚我們才會去你們店裡慶祝我重生的！」余晴潔完全想不到有什麼詭異的事，「我平常也不是那種——」

嗯？一瞬間，有些事情閃過了她的腦海。

奇怪的事？火焚鬼？她那天煮泡麵時火勢突然增大，還有剛剛椅子上那炭灰，她家也有過對吧！

余晴潔冷不防的抓起厲心棠的手看著，對，就是這般的滿手灰，不像灰塵，像是沾上了炭。

「妳是被跟的人，除非鈍感，否則應該不會沒發現。」

「闕先生，你們都是在我坐過或走過的地方發現這些炭灰嗎？」余晴潔問向闕擎。

「對，我在妳站過的地方看過。」闕擎瞄向厲心棠。

「昨天早上妳站的地方，跟剛剛坐著的椅子都有，它們是從妳身上掉下來的。」厲心棠咬了咬唇，加上闕擎剛剛說她在燃燒……

「我曾在家裡也這樣滿手灰塵，但是不是從我身上掉下來的，我也沒看過這渣，就是我拍拍牆後，手就黑了。」余晴潔印象非常深刻，因爲她深怕牆壁有留下髒污，「還有我燒水時，瓦斯爐的火突然變得非常大，火大到甚至包裹住整個熱水壺。」

「妳家在哪？」厲心棠立即聽到關鍵字。

「離這裡不算遠，但我……」余晴潔遲疑了幾秒，潛意識讓她開始左顧右盼，「對不起，平時都是同事分別載我上下班，所以我的車不是停在這站。」

「叫計程車啊，簡單。」厲心棠用公費相當乾脆，手機拿出來就叫車，闕擎無所謂，不要叫他付錢都可以。

而余晴潔謹慎的開始環顧四周，這裡不該是他會出沒的範圍，就怕今天從醫院離開時，就被他跟上了……她極度不安的拉著衣角，就怕錯過哪個角落。

「車子兩分鐘到！我們出去吧！」厲心棠趕緊吆喝著就要走，但余晴潔卻顯得些微抗拒。

「妳不必緊張，沒人跟著我們。」闕擎回眸，淡淡拋出一句。

哦～喔喔喔！厲心棠這才想起，昨天早上就有人跟著這位余小姐呢！她一直被恐怖情人跟蹤嗎？

「謝謝。」余晴潔低垂下頭，雖然有點難爲情，但她沒想到闕先生會知道她被跟蹤的事。

換言之，他只怕也知道同事們接送她上下班的事了。

坐上計程車，不到十分鐘就抵達余晴潔的公寓樓下，果然很近！余晴潔下車後便趕緊打開大門，還交代著沒有電梯，大家得運動一下。

這是舊公寓，厲心棠很熟悉，因爲寧靜街中幾乎都是這種建築比較舊但堅固的房子，一樓均拿來開夜店。

只是她前腳才踏入，回頭卻發現闕擎站在外頭，仰視著天空。

眞是糟糕。

「闕擎？」厲心棠扣著門緣，裝可愛的望著他。

雖然她本來就很可愛，未褪去嬰兒肥的圓潤臉龐，過分水靈又很愛眨的大眼睛，不像當地人的立體的五官，她其實有點像洋娃娃，他可以猜想她小時候絕對可愛到爆，才會讓一堆妖魔鬼怪對她疼愛有加！

「我在樓下等妳好了。」他很認眞的皺眉。

「唉唷，你這樣我就怕了……萬一火焚鬼在上面怎麼辦？」厲心棠回頭按捺一下余晴潔，「妳等我一下喔！」

她趕緊跑出去，小可憐似的站在闕擎身邊拜託。

「這棟樓非常不妙啊，我完全不想上去了。」闕擎翻了個白眼，「妳知道這裡之前就出過事嗎？」

「什麼!?」跟出來的余晴潔圓睜大眼，這棟出過事!?

闕擎看著黑暗中的公寓，在三樓以上一片漆黑，黑到幾乎看不見公寓本體，而且還可以感受到有什麼在黑霧裡移動。

「十之八九是凶宅，沒有戾氣……但哭聲很悽厲。」闕擎看向厲心棠，「裝可愛沒有用啊，我在樓下把風吧。」

「把風個頭啊，我們兩個是弱女子耶！」

「我又不會驅魔！」闕擎倒也很乾脆，打量了她全身上下，「妳身上東西就不少了啊！」

哎唷，厲心棠舉起雙手投降，「十次，讓你告訴孤魂野鬼可以到『百鬼夜行』求救。」

這就是闕擎與厲心棠，或者說與「百鬼夜行」的孽緣開始。

因爲魍魎鬼魅都能感受到磁場，他們知道闕擎看得見，或者說他們會到處出現，看得見他們的人容易被嚇到或恐懼，如此便露出馬腳；這些傢伙就會開始纏著他，希望他幫忙完成一些事……他不想，卻被纏得不得安寧。

而之前只要能幫助厲心棠做事，就能擁有指點孤魂們「迷津」的權利，請他們去找「百鬼夜行」幫他們解決問題，累積的次數越多，他就越能擺脫被糾纏的命運。

「二十次。」討價還價是定番。

「十五次。」

「成交。」闕擎難得勾起微笑，「妳可得說話算話啊！」

「當然！」厲心棠哼了一聲，「現實鬼！」

隨妳怎麼說！闕擎逕自走進公寓，在門口時還跟余晴潔說了句借過。

因爲她還在那邊這怎麼會是凶宅？房東沒提過啊？而且裡面這麼新這麼乾淨……「等等！我走前面吧，你們知道是幾樓嗎？」

「四樓吧，右邊那間。」闕擎腳長，爬樓梯超快。

余晴潔瞠目結舌，看著走到她身邊的厲心棠，她只能聳聳肩，「他就看得見那、個。」

這不是間接說她家有那、個嗎？

「我只是看見哪間在燒而已。」在漆黑的公寓中，只有那間屋子的窗子透露點點火光。

只是？余晴潔打了個寒顫，這兩個人好像很厲害，如果不是串通好的，那眞令人腳底發毛！

來到四樓，余晴潔擠到前面去開門，但這會兒連開門的手都有點發顫了，很多事真的不能聽，話語只要進了腦子，就會開始腦補、胡思亂想。

她硬著頭皮打開了門，同一時間，他們身後，也就是余晴潔對門的住戶也打開了門。

嗯？厲心棠回頭看了眼，尷尬頷首賠禮。

闕擎只是略微回眸輕瞥一眼，伸手扳過厲心棠的肩頭，直接往余晴潔家裡推。他看著在鐵門裡的男主人，以及他身後逐漸出現的女人與小孩。

什麼話都沒說，他從包裡抽出一張符，直接貼上余晴潔鐵門。

厲心棠看著他奇怪的動作，再看見他走進來，連連後退的呆望著他！探頭想再朝對面看清楚些時，闕擎卻反手就把門關上了。

「不好意思，家裡還沒整理好。」余晴潔已經走進屋裡，「脫鞋就好了，我平常不招待客人，所以沒準備拖鞋。」

「啊沒關係！妳不必招呼我們喔！」厲心棠連忙走進裡頭說著，「我們是來……看狀況的。」

結果闕擎沒有脫鞋，就這樣踩進屋子裡，厲心棠見狀緊張得要命，連忙上前要他脫掉。

「你怎麼這樣？余晴潔才把地板擦乾淨，所以才……」

「沒關係！沒關係的！」余晴潔趕緊搖手，「闞先生可能只是不習慣。」

嗯？厲心棠回頭看向余晴潔，再正首看著闞擎。奇怪咧，爲什麼她覺得余晴潔好像很怕闞擎似的？

「這麼髒，再怎麼擦都一樣吧，而且我喜歡隨時保持高度警戒以備逃命。」闞擎呼了口氣，「妳這間屋子眞悶熱啊，有發現嗎？」

「有，昨天更熱！」余晴潔點點頭，「開了窗也一樣。」

「那當然，屋子都是發燙的。」闞擎環顧四周，開始看著屋子裡的陳設，「厲心棠，妳有看到什麼嗎？」

她僵在原地沒動，感覺有點奇怪。

「嗯……有點詭異。」她陪著笑，「不是說妳住得不好，只是，爲什麼這麼髒的地方妳能住啊？」

髒？余晴潔愣住了，「我、我只是還沒拆箱完畢，不算髒吧？」

這兩個人是潔癖等級的嗎？這麼嚴格？

「但是看起來很糟糕啊！」厲心棠嘶了聲，看向天花板，「妳看嘛，牆壁跟天花板都是黑成這樣，光進屋就覺得壓力很大！」

厲心棠不是沒看過黑色裝潢，德古拉的地下室就是這樣，漆得黑七抹烏的，一點光都透不進來，但是至少那是真的油漆！可是余晴潔這間房子從天花板到牆壁都是裸露的，原本的水泥灰，再加上彷彿被燻黑的不均勻色塊，感覺卻非常的令人不舒服。

「連妳都看見了啊，眞不愧是惡靈等級。」闕擎走到一面白牆邊，伸手一摸，「妳看，不只是視覺上髒，實際上也是隨便摸都滿手灰。」

他打直右臂好讓余晴潔瞧見他的手，但余晴潔卻是一臉茫然。

「這是房東才剛粉刷好，全部都刷成米白色，還有油漆味呢，怎麼會髒？」余晴潔趕緊衝到闕擎身邊看，那面白牆就是白的啊，「你們看見什麼？」

「咦？白色的？」連厲心棠都嚇到了，「我、可是我看見……像是曾被火燻黑的地方。」

「就像今天失火的那棟大樓。」闕擎說得簡短易懂，「這裡絕對被燒過。」

余晴潔發顫著，即刻拿出手機，「我要問房東！」

這應該是查一下就知道的事。

「房東會承認嗎？要查火災新聞，還得先跟這棟樓對上，一般新聞都不會講得很詳細吧！不然對面也不會有人不知情的承租了。」厲心棠聳聳肩，她已經想好了，要查就要請警察幫忙了。

正在打電話的余晴潔愣住了，她不解的看向厲心棠，「對面？」

闕擎略為無奈的竊笑，搖搖頭開始打量起余晴潔的家裡，還有些什麼東西在。

「嗯啊，就妳對面啊！」厲心棠指向對門的方向，「剛剛我進來時，對面還開門看咧，我又沒發出很大聲。」

房東沒接，擴音的電話響個不停，余晴潔一口氣都快上不來了！

「對面……還沒租出去。」

她緊緊捏著手機，這個棠棠是看到了誰？

第五章 前任房客

「咦？不是，剛剛——闕擎，你也看見了對吧？」厲心棠緊張的問向闕擎，他正背著手站在一些電器邊，回頭隨意嗯了聲。

嗯個屁啦！厲心棠哎喲喂呀的哀著，那不是人！

「整層樓都燒掉了，那應該是住在對門的人吧。」闕擎若無其事的說著，「這層樓燒得很徹底啊……」

每一處都是焦黑的，甚至連鋼筋都已變形，以及……他瞥向了陽台上的黑影，原來是走不了的人們。

余晴潔無力的拉開椅子坐了下來，忍不住扶額，但她也沒消沉太久，突然抽起廚房的刀，就近在牆上削起了白漆，她要看看下方的廬山眞面目！

「喂！」闕擎用下巴指向陽台，「妳要不要過去問問？」

「問誰？」厲心棠來到他身邊，也往陽台看去，瞬間一顫身子，「有嗎？」

闕擎點點頭，厲心棠緊張的抽口氣，她沒有感到恐懼或是殺氣，所以應該是無害的對吧？

她雖沒有陰陽眼，但不知道是不是長年被鬼怪養大的關係，她很能感受到鬼的情緒與思考，算是一種獨特的「共情」能力；即使看不見，只要對方的情緒夠強烈，她就能與之同步。

「你要看著我喔！」她有點不安的說著。

闕擎默默點頭，厲心棠向來不必他擔心，看著她右手的蕾絲戒，那本身就是「百鬼夜行」裡的大頭給她的護身符，雖然他可以明顯感受到裡頭那些妖魔鬼怪刻意要讓她歷練，但是如果誰想要置她於死地，還是傻了點。

不過，既然厲心棠跟他在一起，他也不能讓她受傷，否則那整間的鬼怪都會唯他是問的，唉！

厲心棠回頭偷瞄正義憤填膺摳牆的余晴潔，像是非得要親眼見到一個答案，一邊還打著房東的電話，所以沒有空管她。厲心棠做好準備，伸手打開了通往陽台的落地——啊！

好痛！一股熱浪瞬間襲來，厲心棠瞬間看見大火朝自己撲來，瞬間燒裂了雙眼的痛楚！

『啊！』她摀著雙眼彎下腰，頭直接撞上落地玻璃窗。

『淑娟！』男人聲音從後面傳來，憂心不已，『妳怎麼了？小心一點！』

『啊……沒事，只是撞了一下。』她笑笑說著，轉身看向落地窗玻璃倒映的自己，啊啊，這具身體是個長捲髮的女人，還穿著圍裙。

『要小心一點！』男人是她的丈夫，動手接過她收進來的衣服，『爐子上的湯滾了喔！』

『好！麻煩你了！』淑娟匆匆的往廚房奔去，『小雨，要吃飯了喔！』

厲心棠用淑娟的眼睛看著一切，這間就是余晴潔住的房子沒有錯，格局幾乎都一樣，只是櫃子與牆壁顏色不太一樣，且看起來陳舊了些。

女人洗手做羹湯，一道道菜餚端上，房間的門打開，走出一個腳步有點怪怪的女孩；她的頭髮凌亂，頭上戴著巨大的蝴蝶結，畫著可怕的煙燻妝，眼神一看就知道與常人不同。

『吃飯了，要做什麼？』父親走來，溫柔但嚴肅的說著。

『洗手。』她懶洋洋的轉過身，進入浴室洗手。

終於一家三口坐下來吃飯，客廳的嬰兒搖椅上還有個稚兒正在沉沉睡著。

『我們存款剩不多，你一定要快點把錢要回來。』吃到一半，淑娟還是決定開口，『如果你不好意思的話，我可以去要錢。』

『唉，妳別出面！我沒有不好意思，我已經跟他說了。』丈夫也是一臉無奈，『他就說他會還，但我不敢逼他逼得太急。』

『欠錢的變大尾了嗎？』淑娟有點兒不高興。

『妳不知道，世道就是這樣！借錢時搖尾乞憐，要他還錢時比你還大聲！拿刀砍人的都有，我覺得他就是這樣的人！』丈夫其實有些不安，『之前我認識的他不是這樣，但最近我一跟他要錢，他的眼神就一副要殺人一樣的可怕。』

這番話也讓淑娟不安起來，『但是欠錢不還的是他啊！』

丈夫搖了搖頭，只說他會盡力。

『殺人！』一旁的小雨重複了父親的話，『殺人殺人殺人！』

『噓！噓……』淑娟趕緊安撫，『弟弟在睡覺喔！』

『殺……人……喔……』小雨改用氣音，伴隨著詭異的笑容說著。

這對夫妻也習以爲常，像哄孩子似的哄著小雨，雖然她看起來應該已經十幾歲了。幸好這陣騷動沒有吵醒沉睡中的嬰孩，電扇徐徐吹著，角落的空氣清淨機也持續運轉。

平靜安祥中帶著一絲不安，厲心棠所能感受到的僅有如此。

但剛剛一開始那股痛與熱是從何而來的？她想要更深入的感受，手彷彿被人抓住，她驚愕的在黑暗中看向身邊，是個全身焦黑的女人，張大的嘴裡散發橘色火光，像在求救似的把她往旁甩去！

『啊！』她嚇得驚醒，從床上彈坐而起時，卻看見房門縫下的濃煙！『爸爸！爸爸！』

她伸手推了身邊睡死的老公一把，立即下床抱起已經大哭的嬰兒，倏地打開房門——小雨竟站在客廳裡手舞足蹈，窗簾與旁邊的空氣清淨機已經燒起來了！

『轟轟！』小雨回頭看向衝出的母親，『火！火——轟！』

『妳在做什麼!?進屋去！』淑娟驚恐的喊著，『立刻進房間去！把門關起來！』

小雨不明所以，但現在的煙也嗆著她了，父親出來也催促她進屋，有在網路上看過，要在房間裡等待救援才對。

『別在外面了！』父親上前拉過，『我們不能讓火燒進我們房間！』

『——啊！』淑娟失控的尖叫著，『小雨！一定要待著，不可以開門出去！』

他們回到房間裡後，丈夫將門緊緊關上，門縫底下塞好布條，淑娟慌忙的報警後，懷裡的嬰孩哭個不停，因爲他們剛剛開門的時候，濃煙其實已經隨著竄進來了。

小火快跑、濃煙關門，他們第一步就已經錯了。

『咳咳……咳咳……』淑娟被燻得睜不開眼，抱著孩子趴在地上，好難受，溫度好高。

他們，等得到救援嗎？

丈夫緊緊抱著她們母子，她恐懼非常，又憂心不已，她剛剛應該讓小雨進來的，不該把她放在自己的房間裡，一個人的她該有多害怕？

『我得……去找小雨！咳咳！』

『不行，妳現在開門的話，我們都會死的！』丈夫緊緊圈住她，只要小雨聽話，就不會有事……吧？

突然間，火從門縫下閃現，他們在黑暗中看見了火光，丈夫緊張的試圖趨前，一伸手去摸到了……布條？

咦？他剛剛塞在門縫的布條，爲什麼在這裡？

尚且來不及反應，門縫底下突然被塞進了一疊燃著火的紙，嚇得他措手不及！門後掛了很多衣服，那疊火一進來即刻燒上門、燒上了衣服，瞬間包裹住整間房間！

不不！淑娟掙扎著背對著門邊，但熱浪依舊燒烤著他們，他們就像在爐子裡的肉，被悶燒著啊！

『啊——』火燒上丈夫的背，連慘叫聲如此虛弱，丈夫從她背後倒下的瞬間，火旋即也燒上了她的背部。

呀——淑娟連叫都叫不出聲，她的氣管痛到不行，難以呼吸，這時她才想到，曾幾何時……懷中的孩子已經沒有在哭了。

高溫的濃煙燒熟她的氣管，她痛得掙扎扭曲，在臨死前的最後一刻，看見的是黑暗，還有被焚燒的痛——小雨！

『啊——』全身扭曲且緊繃的厲心棠突然原地旋轉一百八十度，然後直接向地板撲去！

正在摳牆的余晴潔嚇得回首，看見闕擎準確的接住她。

「怎麼了嗎？」她這才略為平靜的跑過來。

闕擎蹲在地上，臂彎裡扣著厲心棠，她就趴在他臂彎中，痛苦的緊皺眉頭卻睜不開似的。

「水，謝謝。」闕擎頭也不抬的要了杯水。

厲心棠的身上都還冒著煙哪，彷彿剛從火場出來似的，全身上下散發著熱氣，他輕柔的觸及她的身子，熱氣逼人。

「厲心棠，我要移動妳到沙發上。」闕擎告知著，一把抱起她挪上一旁的沙發，同時接過余晴潔遞來的水，「張嘴，喝點水。」

厲心棠緊抿著唇，眼睛依然死閉著，余晴潔覺得這一切都極度怪異但不敢插嘴，闕先生本來就很奇怪了，再加上這個棠棠……

感受到外頭的冷風吹進，她才留意到落地窗何時被開啓了？趨前就要關上。

「留一小縫，她需要涼爽的風。」闕擎輕聲說著，外面二十度的氣溫，室內二十八度，虧得余晴潔不在意。

杯緣還是塞在厲心棠唇畔，過了好幾秒，她才終於啓唇，讓闕擎把水灌進她體內，她幾乎是一口氣乾掉的。

「啊……」厲心棠仰起頭，無力的枕在闕擎的臂膀上。

余晴潔機靈的接過空杯，再去倒了一杯冰水，棠棠全身都是汗，屋裡有這麼熱嗎？

「那不是妳，我知道很熱，但那不是妳。」闕擎在她耳邊一字一字穩定的說著。

厲心棠終於睜開雙眼，卻陡然一震，因爲她看向的天花板上，正黏著那一家三口。

他們被燒得面目全非，身體扭曲變形，鑲在天花板上用深黑的窟窿雙目看著他們，張大的嘴象徵著死前的痛苦。

「啊！」她恐懼的緊抓住闕擎的衣服，慌亂的避開眼神，「他們！」

「看不見。」闕擎最厲害的就是這點，無視大法，「沒事，妳沒殺他們。」

余晴潔謹慎的再遞過水，闞擎接過讓厲心棠灌下，她情緒依然激動，眼神再也不敢亂瞟，身子微微發抖。

「他們……他們是被燒死的，有人放火吧？」平靜下來，她就劈哩啪啦的說著，「他們明明已經躲在房間裡，那本是最好的方式以等待救援，結果有什麼人把他們塞住門縫的布條推開，還往裡面放火！」

余晴潔緊握雙拳，幽幽的看向她剛剛摳下的牆面：米白的新漆後面，是紮實的灰黑。

「住在這一間的人嗎？我的前任房客？」她咬著牙問。

「住這一間沒錯……主臥室就是妳房間。」厲心棠站了起身，她居然有點腳軟！她走向廚房邊的小房間，「隔壁還有一間小房間，是另一個孩子的！」

「那是我的小倉庫。」余晴潔用力做著深呼吸，「所以是因爲我搬進了這間凶宅，那個鬼才跟上我嗎？那被燒死的人？」

「不是！不是……燒死在這裡的是一家人，他們的確是被火燒死的，但不是我說的那個火焚鬼。」厲心棠趕緊搖頭，她走到了房外的那扇牆前。

余晴潔摳的是主臥室門外的牆，厲心棠伸手輕觸，卻像被燙到似的縮回手。

「那家人，也是被人害死的……」她感受到的是母親的痛與恐懼，所以沒辦法看到更多。

就算是父親或嬰兒視角應該也是一樣，他們都在一起……如果感受到另一個女兒的話，或許會不一樣。

因爲她剛失火時人就在客廳了，她是不是感受到、甚至看到了什麼？

「那爲什麼我朋友會死？」余晴潔無法理解的是這點。

如果這間屋子有問題、如果火焚鬼是跟著她，那爲什麼會燒死她的朋友，還有那其他七十三人？

「這個問題，問得眞好。」闕擎從沙發上站了起來，「我也想知道爲什麼。」

余晴潔的手機響起，房東回電了！

「喂！房東先生！」余晴潔激動的抓起電話就吼，「這間房子之前是不是出過事？」

房東像是被嚇到似的，有些停頓，『什麼、什麼啦……』

「不要騙了！這裡之前住過一家人，都被燒死了對不對！」厲心棠對著余晴潔指手畫腳，指指對面，「還有對面的，整層四樓都出過事！」

『啊……啊呀妳不要聽人……亂亂講！我這都……沒沒沒事的！』房東都口吃了，眞是此地無銀三百兩。

余晴潔緊緊握著手機，凝視著厲心棠一咬牙，「我跟你說，我看見他們了！」最好啦！

離開余晴潔公寓時，厲心棠看見了對面慘遭池魚之殃的一家人，她感受到疼痛的嘶吼與不解，他們都是在睡夢中活活被燒死的。

「就別困在這裡了！」闕擎看著對門說著，「在這裡重複被燒也不好過吧？」

余晴潔緊緊皺眉，闕先生是在跟……那個說話嗎？

「他們、他們會傷害我嗎？」她戰戰兢兢的問。

「原則上不會，但鬼很難說的，隨時變異都有可能，我剛在妳門上貼了個我常用的符，應該有用。」闕擎話中有話，眼睛朝裡頭掃，「不過我不建議妳繼續待在這裡。」

「那個不是跟著我嗎？那我待著，他是不是就不會去傷害其他人？」余晴潔其實相當堅強，她害怕，但更怕朋友遭禍。

「昨晚妳都在家不是嗎？」闕擎微微一笑，「跟妳在不在家沒關係，火焚鬼一定是藉由某種途徑，選中他想燒的人。」

「我又沒做什麼事！」余晴潔氣得尖叫，「我做了什麼！」

「不急！冷靜……」厲心棠趕緊安撫，「我覺得啊……就我最近的經驗來說，不一定做錯什麼才會遭禍的。」

尤其是惡靈們，他們的世界只有自己，自己認為對的就是對的，根本容不下其他人的意見，這種人生前死後都一樣，所以輕易能質變。

只是人類時沒那麼強的力量不能胡作非為；但一旦成了鬼，擁有力量後能濫殺無辜的人眞的很多。

「這太不公平了吧！人有法，鬼沒有嗎？」余晴潔淚眼汪汪的看著厲心棠。

厲心棠啞然，不知道該怎麼回答她。

「我叔叔說，世間唯一公平的只有時間。」厲心棠幽幽說著，「從來不要去想什麼公平。」

鼻酸湧上，這是多令人氣忿卻又實在的回答！余晴潔痛苦的用深呼吸壓制一切痛楚與悲切，雙拳握緊到青筋暴露。

「妳最好到別的地方住，我只是覺得屋子裡太多那些不好。」闕擎往樓下走去，「這個愛管閒事的傢伙會努力找出火焚鬼的身分跟挑人的原則，盡可能阻止一切。」

「誰愛管閒事啊！這叫力所能及！」厲心棠沒好氣的再三強調，「我們走了唷！」

「等等！」余晴潔驀地拉住她，「這件事還會再牽連我朋友嗎？那我也要參與。」

呃……厲心棠為難的眨眨眼，只能拍拍她。

「需要妳幫忙時我一定會說，我覺得妳要應付前男友已經有點辛苦了。」厲心棠實話實說，「前男友也不能小看對吧？」

一提到前男友，余晴潔即刻顫了一下身子，她突然發現，前男友是個比火焚鬼還令她恐懼的存在。

「妳只要認眞留意週遭的事，遇到任何奇怪的事都跟她說。」闕擎已經又往下走去了。

「好。」她有厲心棠的聯繫方式，沒問題，「我晚上會找地方住。」

劉卉音或庭喜行嗎？但她們都跟男友住啊。

厲心棠再次認眞的道別，臨下樓前不安的看了眼對門的鄰居們，趕緊追著闕擎往下衝。

「你等等我——」咦？有什麼東西突然穿過她的身體，厲心棠當即扶住欄杆。

有人打開家門後的惶恐，樓梯間已經大火瀰漫，他們嚇得關上家門，根本無處可逃，而對門就是余晴潔的家！

咦？感覺再度被抽離，厲心棠僵在樓梯原地，耳邊聽見樓下的闕擎正低聲唸著：「不要亂跑。」

冷汗冒出，短時間內這樣感受鬼的情感讓她有點吃不消，都是不好回憶與痛苦啊！

「還好嗎？是那間的小朋友。」闕擎跫了回來。

「嗯，一下下而已。」她嘴上這麼說，但臉色不太好看，緩步的下樓。

闕擎看著她的表情，倒也沒攙扶的意思，雖說繼續下樓但步伐明顯慢了許多。厲心棠走到平台時，左右來回的看了眼，突然發現到了什麼……樓道間都是火，打開門也逃不出的話——不只是屋內起火？

「剛剛那個房東說是幾年前的火災記得嗎？」厲心棠焦急的衝下樓，但這舊公寓的樓梯高低不均，她直接一腳踩空往下衝。

闕擎一回身就看見撲下來的厲心棠，只能趕緊扣住扶把讓她撞上，再趕緊抱緊她！

噢！全身痛到像骨折似的！他還是往後退了兩階，但至少不是兩個人都摔下樓梯。

「對不起！」厲心棠趕緊想站直身子。

「妳別亂動……拜託！」闕擎突然將她摟得更緊，不使她亂移動。

等他自己穩定身體後，才鬆開手，讓她往樓下走。

伸手撫著被撞到的部分，這傢伙應該要多吃一點，骨頭撞上來眞的有夠痛的，闕擎一邊下樓一邊扭著肩膀。

「對不起喔！」離開公寓大門時，厲心棠尷尬的道歉。

「沒事，我們要先去吃東西，妳再不攝取熱量，等等一直跌倒我可沒力氣一直扶妳。」闕擎沒好氣的抱怨，他心知肚明，與亡靈同步的情緒波動，有多傷身。

「我哪會一直跌！」她小聲的咕噥著，不過剛剛感受前一任房客的死亡狀態後，腳一直很軟是眞的。

他們離開公寓樓下，她卻不安的往上看，在她眼裡這倒是很正常的公寓，沒想到裡面有著這麼淒慘的過往。

「那一家是被燒死的，而且樓梯間也有人放火，阻止了他們逃出，像是刻意要燒死他們一家，對門的只是陪葬。」

「房東剛剛說是三年前的事，我是不太信，我覺得問專業的比較快。」闕擎放慢腳步，好讓厲心棠跟上，「看看是人爲縱火，還是火焚鬼。」

「那時就是鬼下手了嗎？」厲心棠有點狐疑，「我是沒感受到，亡者也沒讓我看見。」

「是人爲的話……如果當年有抓到肇事者就好了。」闕擎心裡並不認爲有抓到，因爲枉死的冤魂都還在。

「余小姐問得很對啊，如果是因爲她搬進那間屋子，所以火焚鬼跟著她的話——爲什麼是她朋友死於非命？」照理說，燒死的應該是余晴潔？

「中間一定還有什麼，只是我們還不知道。」闕擎悄悄瞥了她一眼，「是有一個辦法，或許可以確定一下……」

「我知道！先去查當年發生在那裡的火災事故，我們直接去找章警官！」厲心棠早就想到了。

遠遠的警局裡，有位老警官突然打了個噴嚏。

「對，也是可以請他幫忙。」闕擎若有所指，「不過有個更快的人，畢竟她才剛經歷了火災。」

厲心棠突然止了步，驚訝的理解到闕擎所說的人。

「她的朋友？」

闕擎回首點了點頭，「由妳決定，畢竟那個過往會讓妳承受太多。」

「太太太聰明了吧！我怎麼沒有想到！」厲心棠雙眼亮了起來，「我們立刻就——」

「先去吃東西。」

「即刻去吧？事不宜遲啊！喂——別拉我！」

「先去吃東西！」

火災是五年前發生的，房東果然沒說實話，他認爲屋子空了五年，世人該遺忘的、戾氣該離開，不該有的東西都該離去，所以就可以重新粉刷招租了！

「那裡不是我的管區……」章警官嚴肅的說著，但是旁邊某兩個人很明顯的沒在聽，「你們不能把我當萬能的吧？」

厲心棠正用手機滑著新聞，果然在五年前找到了火災新聞，有正確日期就好辦了，五年前那棟公寓的四樓焚燒，兩戶都被燒死，研判是人爲縱火，但是屋內也有起火點，非常詭異。

「兩個起火點？」厲心棠看向了章警官，「有更詳細的報告嗎？」

「唉。」章警官搖了搖頭，果然沒人在聽，「室內有一台空氣清淨機，那裡有個起火點，但樓梯間也有汽油殘留，所以也認定是縱火，或許兩者時機剛好，但是門口的火勢的確阻礙了逃生。」

「沒抓到嫌疑犯。」闕擎沒找到結案的新聞。

「有嫌疑犯，但沒有證據，也不能定罪。」章警官喝了口茶，「換我發問了吧。」

「是！沒問題！」厲心棠正襟危坐，像個乖寶寶。

「突然來查五年前的火災，你們最近攤上什麼事？」在厲心棠回答前，章警官伸出手凝重的說，「別告訴我跟昨晚的南原大火有關。」

拍拍！厲心棠立即激動的報以熱切掌聲，連闕擎都忍俊不住的笑起來！瞧章警官臉色之難看，失火的南原大樓在他管區啊！

「好了！」闕擎動手把她的手壓下來，大家都在看了，「昨天的呢？也是人為嗎？」

「唉，對，有人焚燒了一樓整排的機車，加上建築物構造導致煙囪效應，燒毀了整棟樓。」章警官正為這件事焦頭爛額，雖然案件不是他負責，但他們都正忙著——這兩個人卻突然跑來了。

他被兩屆的都市傳說社操過，深知趕人絕對不是好方法，這些人都會無所不用其極，非得要問到他們想要的東西不可，速戰速決才是唯一正道。

但是提到火，他卻不由得想起某個都市傳說。

「會不會是——」厲心棠故作神祕的湊近章警官，還比了一二三，扳起手指大家要一起說答案喔！

「火焚鬼！」

「幽靈船！」

三個字，但兩個不同的答案說出口時，厲心棠與章警官都愣住了！唯有一旁的闕擘略蹙起眉，暗暗倒抽一口氣。

「幽靈船？哇塞，不要太誇張。」厲心棠笑容有點僵硬，「不是前幾年的傳說而已！」

「妳這個跟我講妖魔鬼怪的人，在對都市傳說嗤之以鼻嗎？」章警官挑了眉。

「不不不！我不敢嗤之以鼻，只是幽靈船不過沒幾年前的事而已，沒這麼快回來吧？」厲心棠乾笑著，闕擘留意到她嚥了好幾次口水。

她在緊張？因爲都市傳說？

「你們有人昨天看到那棟大樓上面有幽靈船嗎？」章警官是看向闕擘問的，

他搖了搖頭。

「我沒看新聞，也不住那附近。」

「我希望不是……否則至少是要收一百條人命的啊！」章警官喃喃說著，突然話鋒一轉，「火焚鬼又是怎麼回事？」

「被火燒死的鬼，但我們現在講的是進階版的惡靈，他被火燒死後，卻以火繼續燒死無辜者，已經嗜血殺生成了惡靈，只怕還樂在其中。」厲心棠眨了眨眼，「我們懷疑昨天的南原大樓案就是……嗯。」

章警官有點困惑，但卻又不能排除這個可能，不過鑑識小組已經確定一樓機車是縱火，監視器也有拍到相應人員——會是附身嗎？

「這個火焚鬼會附身嗎？」章警官低聲問著，不想讓其他同仁聽到。

「不……知道。」厲心棠一臉認眞的回應。

「不會。」還是闕擎靠譜！「我在相關人士身上感受到的是一種霸氣，他會對獵物做記號，並且享受大火焚燒人體或物品的毀滅快感。」

厲心棠倏地回頭，吃驚的看著他，「爲什麼你知道得這麼清楚？我剛剛在那邊時都沒有感覺到？」

「妳是感受逝者的情感，我是看現場！余晴潔跟屋子都在燃燒著，裡面有著強大的佔有慾，他就是要焚燒一切！」闕擎重新看向章警官，「五年前的火災找到的嫌疑犯，是覺得是他但無證據？還是不確定？」

「這沒有差別，只要證據不足，都不能說誰有罪。」章警官中肯的說，「那年發生許多火災，其實都有巧合，但是沒有證據就是不能抓誰。」

「如果都同一個人還能叫巧合嗎？」

「不，只有你們剛剛說的那個有明顯縱火嫌疑，但其他的共通性是電線走火。」章警官相當無奈，「原本設定是同一廠商的機種有問題，但後來發現並不是。」

章警官將桌上的卷宗打開來，裡頭有不少照片，厲心棠立即起身，湊到他旁邊去看。

火場都是一片焦黑，連除濕機都只剩下骨架，起火點大部分都用煙的形狀或是事後煙燻的模樣判斷，紀錄也寫著插座焦黑銷融，厲心棠努力的記下看到的東西，因爲章警官可不會把照片發給他們。

「說不定火焚鬼是在這其中一場火災中喪生的，然後對於被燒死後心有不甘，就……要讓別人跟他一樣？」厲心棠咬了咬唇，「會有這種奇怪的理由嗎？」

「有，當然有。」章警官苦笑著，「有時甚至不需要什麼理由都能殺人了，不是嗎？」

厲心棠沉下眼神，是啊，親生母親都能把孩子送入火坑了，父母都能扔棄孩子，更何況陌生人呢？

「我們瞭解了，想知道還是得問一下知情人士。」闕擎起了身，「得請章警官再幫我們一個忙。」

「我能說不嗎？」他皺眉，早知道答案。

闕擎望向厲心棠，眼神有點複雜，她彷彿知道他要說什麼似的，揚起了微笑點點頭：沒問題的。

「殯儀館。」

第六章 星星之火

戴著口罩與帽子，厲心棠與闕擎低調到不能再低調的進入了殯儀館，闕擎全身都在抗拒，打從逼近殯儀館開始，他就緊繃著身子、雙手環胸，呈現高度警戒。

「無視無視。」厲心棠還在他身邊加油打氣，「你身體會不舒服嗎？」

她其實一直很擔心這件事，上次他們在山裡處理魔神仔的事時，闕擎爲了救她還中了一槍，心臟中槍能活下來已屬萬幸！出院後他在「百鬼夜行」裡休養了好一陣子，一旦能走動就離開了，連跟她說一聲都沒有！

但她沒有生氣，因爲是她強硬把闕擎留在「百鬼夜行」裡休養的，他身受重傷沒辦法阻止她，心情當然會不爽！可是闕擎一個人住啊，受這麼重的傷、又不讓人知道他家住哪兒，她怎麼能放心？這是她的責任耶！

他愛怎麼生氣都沒關係，只要康復就好！他回家後也沒跟她聯繫，她也忍，直到這次……都半年了，氣該消了，身體也該好了吧？

闕擎依舊沒回答她，緊鎖眉心，認眞的看著前方人的背影，好不去看旁邊站得滿滿的亡者。

「這邊，跟好。」帶頭的是熟人，「百鬼夜行」在警界養的人，厲心棠一時沒料到他剛好值班呢！

早知道就不需要麻煩章警官了，一到這兒就發現熟人在這兒，要混進來容易多了。

一路上有不少人員經過，所以他們均低調不語，右邊岔路突然衝出一個老人家，臉直接貼上闕擎的鼻尖。

『少年仔，這是哪裡？我是不是迷路了？』

闕擎忍著冰冷穿過對方的身體，他不能有反應，不能讓老人知道他瞧得見，否則這的亡靈等等會蜂湧而至！畢竟這裡有太多人根本沒有意識到自己已經身亡了！

終於抵達了停屍間，大馬刻意左顧右盼後，才帶他們進入。

推開門的瞬間，連厲心棠都覺得要窒息了——這是什麼味道!?

「對，不要懷疑，ＢＢＱ會場！」大馬打開燈，逕自走進來，「這只是其中一區，我知道妳想問什麼！」

「你真是太聰明了！」厲心棠趕緊諂媚說道，「我回去一定說你好話！」

擔架密佈，大馬在一車又一車的屍體中行走，闕擎貼在冰冷的門上直想逃，眼前雖然遺體都覆有白布，但是那些垂下的手或是沒蓋妥的地方，都能露出焦黑的慘狀。

大馬來到一個冰櫃前，遲疑兩秒，「妳不如問問拉彌亞什麼時候願意跟我出來吧？」

「嗄？」厲心棠嚇了一跳，「你、你喜歡拉彌亞喔？」

「嗯，很帥！英氣十足，人又漂亮！」大馬說著一臉心生嚮往，「你們店的公休日這麼少，能不能幫我喬一天？」

「我覺得你可以自己去問她。」厲心棠才不敢幫拉彌亞回答咧，「你可以算得上是勇士了耶！」

「是嗎？」大馬唰地一口氣拉開一個冰櫃，在他拉開的瞬間，闕擎看見熊熊大火在櫃子裡燃燒，火燄跟著一道兒被拖出來！

就是這個！闕擎強忍著難受走了過來，整座冰櫃都在燃燒，當然厲心棠與大馬眼中是看不見的。

厲心棠嚇得差點尖叫，她兩眼發直看著這具在冰櫃裡扭曲的屍體，已經完全焦炭化了，身體以最僵硬的模式定格，而且看得出她全身都在用力，處在極爲痛苦的狀態，連表情都是極端瞠大。

「這位是女性，她被燒得太徹底了，能完整的搬出來已經非常厲害了。」大馬掀開腳邊的蓋屍布，「妳看，咳咳，還行嗎？」

厲心棠勉強的點了點頭，看著大馬筆尖指的地方。

「她全身都被燒乾，但是腳踝跟腳底的地方並沒有燒焦，她的內臟全部炭化，氣管、心臟，所有的內部臟器都是一碰就碎的地步。」大馬看向厲心棠，「事實上二十七樓除了她之外，全部生還，許多人早在一開始就上了頂樓，就只有她這戶燒得一乾二淨！」

「什麼……只有她？那二十七樓的燒毀狀態呢？」

「這場火災是從電梯往上燒，或是從外面燒進去，她這戶卻是燒得太徹底，聽說火還從她家內部燒出來，算是一種……內外夾攻嗎？」大馬其實很費解，「她屋內似乎也找到起火點，也有人說在失火前就看見二十七樓有火光了。」

又是同步？跟余晴潔的前任房客一樣，屋內起火，屋外也被人縱火嗎？

「可以給我一分鐘嗎？」闕擎突然開了口，「但拜託就在門外不要走。」

大馬皺眉，他沒見過闕擎，所以看向厲心棠。

厲心棠頷了首，雖然她現在已經嚇得要死了，她好想吐！

「要快。」大馬低語著，走向了門口。

厲心棠站在冰櫃前頭看著仰頭扭曲的洪艾如，她正處於仰天長嘯的姿態，如果她眼珠還在，彷彿在看著她求救。

「我……」厲心棠渾身發抖，「我不知道，她……」

「妳可以決定要不要做。」闕擎平穩的說著，他小心翼翼的環顧四周，停屍間裡異常冰冷，光是站在這裡就要有十足的勇氣了，「但我現在還沒看見她的……」

喀。

躺在裡頭那具焦屍，肩膀明顯動了一下。

隨著她的略動，炭化的渣渣唰唰唰地掉了一些在銀色的檯子上。厲心棠瞧不見她的動作，但是清楚的看見焦炭般的身子，一粒粒掉了下來，沙沙作響。

「我的天哪……」厲心棠發抖的後退，她不行，「我會怕！」

她恐慌的朝闕擎身邊奔去，他們之間明明就只有三步，但是闕擎右後方一檯車突然間滑動的衝過來了！

哇——闕擎眼明手快的用腳抵住停屍的檯車，伸手拉過厲心棠，同時間那檯車裡的人竟一骨碌翻身而起，掀掉了白布，衝著他們發出淒厲的慘叫聲。

厲心棠嚇得埋進他懷中，他們醒了！這是連她都能看見的景象啊！

『哇啊啊啊——啊啊啊啊——』扭曲焦黑的屍體慘叫著，每一具的吶喊，口中都能吐出熱氣似的。

『啊啊——』下一秒像應和似的，一具接一具的遺體都在白布下震動，他們或掙扎或扭曲，或是嚇得跳起，那被火灼燒的痛都已經刻在他們的靈魂裡，逼疼著他們。

包括，那在火裡的洪艾如。

『哇啊——放開我！放開我啊！』洪艾如伸長了手向天空，突然發現自己能動似的，啪的一聲翻滾下檯子。

她輕巧的落地，轉身看見厲心棠，直接朝她衝來！

『救救我！那個人爲什麼在我家裡——』

闞擘緊緊抱著厲心棠，在她耳邊低語著無視，她顫抖著身子偷偷看著衝來的女人，那燒得徹底的身體，連內臟都燒掉的原因是什麼？爲什麼二十七樓獨獨只有她一戶被燒掉？

厲心棠在刹那間伸出了手，一把抓住了就要奔離的洪艾如。

啊——燙人的熱水、自燃的手機、一秒焦黑的蛋糕、冒火的廚房、不停升高的室內溫度，以及那突然冒出火星、燒掉的除濕機！

她恐懼不明所以的衝向門口，門口卻有個不速之客。

那個人從人形開始燃燒，直到全身燒成焦炭，火燄也沒有停止，他由後緊緊抱住了洪艾如，用身上的火燒著她每一吋肌膚，最後甚至……把火放進了她的體內。

洪艾如真的是活活被燒死的，她在被煙嗆暈前，內臟就已經被一把火燒透，極端痛楚的情況下才會扭曲成這副姿態，而她到死前，也不明白自己遭遇了什麼。

『太骯髒了，你們這些都需要被火淨化罪惡。』全身著火的男人鬆開了洪艾如，伸手隨意往冷氣一觸碰，冷氣機嚓嚓的也開始燃燒。

洪艾如還在抽搐，最後聽見的是那個火焚鬼的笑聲。

叮拎！尖銳的鈴聲在耳邊響起，厲心棠大大抽了口氣，「啊——」旋即癱軟在闕擎臂彎間。

「呼吸，厲心棠，呼吸。」闕擎再搖了一次手裡的鈴，外頭的大馬緊張的開門進來。

「什麼聲音？」他慌張的看著，闕擎舉起左手，他帶了個戒指鈴，但鈴聲清脆如同佛殿裡的鈴聲。

大馬頓時感到不妙，再看見腳軟的厲心棠正癱在他懷裡，全靠闕擎摟著她的腰才勉強站直的厲心棠，臉色慘白，兩眼發直的瞪著天花板。

「小姐怎麼了？」大馬看到這個更緊張，「她出事我可擔待不起啊！」

急忙的想攙扶厲心棠的他，卻在抓過她手腕時瞬間愣住——好燙！

「沒事，她剛剛在火場裡轉了一圈而已。」闕擎同時再響了一次鈴，「這邊晚上要留意，建議放佛號鎮住。」

大馬頓時瞭然於胸，「我懂了！能等我嗎？」

闕擎暗暗點頭，厲心棠一時半會兒也還不能自由行走，她開始調整呼吸，痛苦的緊皺起眉，抓著闕擎的衣服試圖站直身子；闕擎沒有推開她，任她撒嬌般的掛在他身上，她氣若游絲的看著一屋子屍體，剛剛那檯車眞的就還滑到他們旁邊，但現在看過去卻像沒動過，白布依舊蓋得好好的，想必洪艾如也依然躺在那冰冷的檯子上吧！

大馬很快的回來，拿了台舊款ＭＰ４放起了佛經，有時舊型的東西就是好用，可以撐一整夜。

「謝謝。」厲心棠虛弱的道謝，在闕擎的攙扶下走了出去。

他們不敢多作停留，一口氣衝出殯儀館，一路上了輕軌，隨意挑一站夜市最多的地方下車；出站後厲心棠無力的坐在長椅上，闕擎爲她買杯冷飲，好冷卻被燒灼的靈魂。

「她是被火焚鬼殺的，火焚鬼光明正大的進入她家，讓她家起火都是小事，更可怕的是他抱住她，把火從她嘴裡放進，燒乾她的內臟。」厲心棠不可思議的看著闕擎，「他說這叫淨化，不停的說她骯髒！還說他們都要被火淨化罪行！」

「火的確是能淨化一切，燒光了當然淨化啊。」闕擎嘆了口氣，「整間停屍室裡，卻只有她全身著火。」

「什麼？你看見她現在還是——所以被火焚鬼找到的人都會這樣嗎？」所謂的標記吧，她聽店裡的鬼說過，「未死或是已死的，都會一直被火焚燒著，可是……可是余晴潔對面的鄰居沒有！」

「因為他們不是目標，只是池魚之殃。」闕擎早想過這層了，「以余晴潔為起點，先死的卻是洪艾如，表示他們可能做了什麼事，讓火焚鬼選定了她，且覺得她需要被淨化。」

厲心棠再灌了口冰飲，內心隱約感到不妙。

「她一直說前晚大家才在一起慶生，事情是不是發生在前晚？」厲心棠只想到這個可能，「例如他們犯了什麼錯？」

「有可能，但我會想得更純粹點：單純因為余晴潔搬進了那裡，火焚鬼留意到她，剛好她與朋友相見，隨便找個理由都能燒。」闕擎俐落的彈指，「那可是厲鬼，妳見過殺紅眼的亡者是什麼樣的。」

「動輒得咎。」厲心棠一秒接話，她懂，她見過，「好，那再接再厲，我們下一個地方去南原大樓吧，才剛被燒掉，說不定有機會見著火焚鬼。」

闕擎靜靜的看著她，看了眼手錶，「十一點了。」

「我排休。」她肯定的點頭，不然也不會跟余晴潔約嘛。

「那是不是該回去睡覺了？我累了。」說著，他大爺真的轉身就要走。

哎呀！厲心棠連忙拉住他，「拜託啦，我好不容易排休的，我想快點解決！」

闕擎忍著一口氣，終於甩掉她的手，轉了過來。

「厲心棠，子時，妳要用深夜去找一個惡靈？」他不客氣的說著，「妳爲什麼要對不相干的人這麼上心？」

他在生氣！闕擎正咄咄逼人的質問她。

「不……不算不相干……」她自己說得都心虛，「哎唷！好！不相關，但是就明知道她會有事啊！那是火焚鬼耶，難道讓他這樣一直燒人？今天七十四人，明天呢？」

「不是燒我家就好了。」闕擎轉身，他要回去——等等！

他在剎時止了步，如果火焚鬼最後標記的不只是余晴潔的朋友，也包括她工作的地方的話……

「我沒辦法！如果能讓火焚鬼回心轉意呢？至少阻止他繼續傷害人！」厲心棠連忙再跑到他跟前，「你別刀子嘴豆腐心了，你一開始就是因爲昨天七十四人的火災才會帶余晴潔來見我的，才會一路跟著她回家、陪我找章警官、去殯儀館——」

闕擎低首望著她，驀地捧起她的臉，仔仔細細端詳著。

這傢伙長相跟性感美豔毫不相關，不過就是娃娃似的，但爲什麼就會是這麼礙眼的存在？個性更令人不耐煩！之前中彈時哭得淅瀝嘩啦吵死人，硬逼他在「百鬼夜行」休養時讓他恨得牙癢癢的，最令人厭惡的是硬是要一口一口餵他吃飯！

多想擺脫這傢伙，但她倒是不厭其煩的跟著啊！被鬼傷害了這麼多次，還是不死心的想幫助亡者們？上次不該幫她擋槍的，生死徘徊後她才能覺悟吧？

「爲什麼被百鬼養大的孩子，內心會比人類乾淨？這也太諷刺了吧！」闕擎擰起眉，「我先說好，妳要先跟店裡的人說，是妳自願一直一直去接觸亡靈跟惡靈，免得他們又要賴我身上。」

「好，等等我立刻馬上發訊息。」她舉起手立誓，一定告訴拉彌亞，「我還可以用錄影的！你在旁邊當見證。」

「得了吧，這種錄法活像我逼妳的。」闞擎鬆開手，一把推開她，「再去補充能量吧。」

「那吃完要陪我去南原大樓喔！」

「不要！」

「咦——不是說……」

「要去也不是去南原好嗎！」他斜睨了她一眼，「做事要用腦子，別急著就一股腦兒的衝！既然章警官說五年前一堆火災，我會從五年前開始查起。」

假設，五年前的火焚鬼，還是個人的時候。

揹著簡單行李的余晴潔快步的走在午夜的路上，緊張的回頭，看見空無一人後，又再度往前疾走，但始終覺得背後視線扎人，她又回頭一次，心都要跳出來了。

她錯了！她不該找劉卉音的對吧？因爲她搞消失搬家，如果那個男人在劉卉音家埋伏等待的話，她來找她不就曝光了？

跟她最好的是洪艾如，艾如的新聞他一定看見了，這種時候她會出來找朋友同悲也是理所當然，他自然會盯著劉卉音！

不行，她不能去找卉音，她應該要跑。

余晴潔眞的不覺得自己是神經過敏，有人跟蹤她！就算是神經敏感，她也不該去找卉音或是庭喜，任何一個人都不該。

轉身想往來時路走，看著漆黑無人的道路，如果有人眞的跟蹤她，現在折返豈不是撞個正著？余晴潔咬著牙只好再往劉卉音家的方向走去，快到時有條岔路，她只要跑出去就好了。

隨便繞都行，今天一定要甩開他。

邊跑邊忍不住掉淚，先是艾如，再來又是住到凶宅，闕先生又說了鬼怪之事，她眞的快受不了了！但這些都沒有近在眼前的男人可怕，那個男人隨隨便便都能殺了她！

遇到條巷子便向左轉，突然間，身後的腳步聲清晰了。

不會吧!?余晴潔完全不敢回頭，她從疾走變成奔跑，但後面的腳步聲變成奔跑聲——是他！一定是他，他就是守在劉卉音家附近。

「小潔！」

那熟悉又令人恐懼的聲音果然從後面傳來了！

不能回頭！余晴潔拔腿狂奔，但後面的男人極快的追上，「小潔，你聽我說，艾如出事的事我看到了，妳一定很難過對不對？」

不聽！余晴潔嚇得魂飛魄散，她是不是應該要尖叫？對，她要大喊失火了，否則一日被那傢伙帶回去，她會死的！眼看著就要奔出巷口，外面是大馬路，就算半夜車子不多，但至少衝到馬路上也是有機會的——

「余晴潔！」男人一伸手，直接按住了她的肩。

「哇呀——」她放聲尖叫，誰知男人居然飛快的把她往後扯，左手由後勾來，即刻掩住她的嘴，「嗚！」

速度太快，男人力氣也太大，她從何抵抗起？

但這是生死關頭，她還是拼了命的掙扎，狠狠咬下男人的手掌，但男人鬆開手後卻往下移，變成勒住她的頸子！喉管一被鎖，她一樣叫不出聲，而且連掙扎都變得痛苦了。

連求救都……

「嗨，當街擄人嗎？」

悅耳的聲音突然傳來，同時余晴潔瞬間感受到扣著她的力道消失，她整個人虛脫的往地上跪去。

但有股力量更快的圈住她的腰，於此同時，她聽見了某人重重摔落地的聲音，「啊！」

「咳咳……咳咳咳！」好不容易能呼吸，余晴潔喉間疼得直咳嗽。

「沒事吧，余小姐。」來人將她拉起，再看向倒地的男人，「女人說不要就是不要，死纏爛打的眞難看，同爲男人的我都嫌丟臉。」

穩下心神的余晴潔趕緊抬頭，感謝有路人幫忙，一抬頭，卻當即傻在原地。

隨興紮起的金色頭髮，標準的白襯衫搭黑背心，耳骨上是單顆紅寶石，那白淨到毫無血色的俊美容顏，不是應該在……「百鬼夜行」的酒吧裡嗎？

「咦！」她腦子跟不上現實啊。

「沒事吧？陪我吃個宵夜好嗎？」德古拉微微一笑，朝她伸出了手。

余晴潔完全呆住，她回頭看著遠在五公尺外，躺在地上痛苦不堪的前男友……果然是他！只是摔一下就站不起來了？而且怎麼這麼遠？那模樣眞難看！再對比眼前這令人動心的男人，差距實在太大了……

余晴潔手就這麼搭上去了，心跳開始加快。

「您怎麼……爲什麼會在這裡？」被拉著往巷外走的余晴潔，腦子依舊一片空白。

「我收到妳的紙條囉。」德古拉攙著她，綻開過度迷人的笑容，「不是想交個朋友？」

這笑容必殺啊！余晴潔瞬間覺得，人生還是有點希望的！

「你不必……上班嗎？」

「先陪我吃宵夜吧！燒烤如何？我喜歡吃燒烤。」德古拉沒有正面回答她，「然後再看看想去哪兒晃？」

「咦？」

「妳今晚不方便回家對吧？」他意有所指，「噢，妳別誤會，我可是個紳士，我可以陪妳去咖啡廳坐一整夜，也能去河邊晃晃，沒問題。」

「我……我可以去找朋友……」

「嗯，今晚是不是暫時不要找朋友比較好呢？」德古拉暗示著，「畢竟剛剛才發生那件事！」

那件事？哪件？前男友的跟蹤，還是艾如的意外？

恐懼突然湧上，余晴潔再度想起今天發生的所有事，她指尖忍不住發冷。

「沒事，我陪著妳。」德古拉趕緊握住她的手，但其實他的手更加冰冷。

這為他臉紅心跳的女孩多可愛啊，心跳加速導致血液加速，又熱又甜又香的血就在頸間跳動……如果他有心跳，連他也都心動了呢！

唉，可惜不能吃掉這個食物。

他要陪著她，平安度過這一夜，杜絕任何人類或是鬼的侵擾，他得呵護、守護她。

棠棠，誰叫哥哥我永遠無法拒絕妳的請求呢！

將菸捻熄在菸灰缸中，元寶率先推開門走回店裡，阿竹跟在一旁，長吁了一口氣，兩個人臉色都很差的回到座位邊。

他們的位子在角落的桌邊，誰都不想待在家，洪艾如的意外讓他們備受打擊。

「王騰說艾如的家人已經認過屍了，她媽媽還當場昏倒。」元寶看著覆蓋在桌上的手機，一直沒什麼勇氣使用手機。

因爲他們前天晚才一起換桌面，使用在「百鬼夜行」的團體照，裡頭的洪艾如還是那個閃亮的壽星。

「人生無常，無常無常，道理都懂，但眞的遇到時還是很難接受。」阿竹也相當沉痛，「余晴潔不知道怎麼了？」

「她今天回去工作第一天，又遇到這種事，我都不敢打給她。但劉卉音剛剛有傳訊來，說余晴潔要去她那裡住。」元寶稍早前看到的。群組裡冷清，沒人想說些什麼，群組數字寫著6人，但其實有一個人再也不會回應了。

「也好，庭喜也說了想靜靜，大家都不知道怎麼辦，所以我才找你出來喝酒。」阿竹拿起啤酒又是一大口灌下。

「唉。」元寶跟著舉瓶，也乾得俐落。

手機震動，阿竹放下酒瓶檢視，是劉卉音傳來的訊息，說余晴潔有點奇怪，說好要來，卻突然又說遇到朋友了。

「咦？該不會是那個人渣堵到余晴潔了吧？」阿竹喃喃說著，再往下滑頓時鬆一口氣，「喔，沒事沒事。」

「怎樣？」

「余晴潔突然取消去劉卉音家，但她有親自打過去，眞的沒事。」阿竹沉吟著，「她還能遇到什麼朋友啊？之前那人渣都切斷她的社交網了啊！」

元寶聳了聳肩，手上把玩著東西，喀嘰——啪——喀嘰——啪的響著，「總比她一個人待著強。」

「說得也是。」關閉對話視窗，桌面照片立即出現，阿竹一看到照片心頭又是一緊。

「百鬼夜行」爲他們拍的照片眞的很好看，大家那時都已經喝High了，笑得格外燦爛，他看著在中間嘟嘴的洪艾如與余晴潔，那瞬間太美好，美好到已經只能回憶了……嗯？

「這誰？」阿竹突然看見照片旁邊有個人影，連忙回到相簿把照片調出來。

「什麼？」元寶好奇的趨前，等阿竹轉了照片給他瞧。

他們那天是在包廂裡拍的照，ㄇ型沙發上坐著他們六位，他們兩個男生分坐對面，左邊是阿竹、右邊是元寶，元寶身邊依序是庭喜、劉卉音、洪艾如及余晴潔，然後接到阿竹。

在那個長得過分好看的Bartender離開後，就只有店經理幫他們拍照，但是現在他卻發現在余晴潔與洪艾如的中間後面，居然有個人坐在那兒？

「咦？眞的有個人啊！問題是他怎麼坐進去的？」元寶詫異的放大檢視，那是個沒見過的男人，雙眼反射燈光紅到發亮，笑得也令人有點不舒服。

「而且這男人的角度……像是他蹲在余晴潔跟洪艾如身後？」

那個沙發可沒這麼好進入啊，連Bartender要坐進去前，他都得先出來讓出位子，帥哥才能移進的！

不可能啊！再怎樣應該只有他們六個人而已，這個人是……阿竹突地竄起雞皮疙瘩，不安的抬頭看向對面的元寶。元寶也已經察覺到了，他不敢多話，這種不可能是拍錯，只有可能是……那個。

難道……有個想法共同從他們心中出現：是因爲這、個，洪艾如才會出意外嗎？

阿竹默默放下手機，顫抖的手打算把手機螢幕關上。

但突然間，手機裡的照片轟的燒了起來！

「哇啊！」阿竹跟元寶同時嚇了一跳，兩個人激動的揮手，酒瓶直接打翻，瞬間濕了他們一身！

兩個人臉色慘白的站起，下身被酒澆濕，服務人員趕緊過來遞過紙巾，關切的詢問他們有沒有事。

兩個男人恍神似的搖頭，驚恐全寫在臉上，服務正妹只覺得這兩個是喝ㄎㄧㄤ了嗎？眼神好怪。

「我幫您們整理一下一。」正妹取走已經空著的酒瓶，將桌面擦拭乾淨。

「再幫我們拿兩瓶，謝謝。」元寶交代著。

阿竹跟元寶卻沒敢坐下來，他們眼神都還盯著手機看，那正面向上的手機桌面裡，奇怪的男人已經是全身著火的模樣。

那就是一個燃燒中的人，坐或蹲在余晴潔與洪艾如的身後，詭異到令人不安。

元寶顧不得的也拿起自己手機查看，赫然發現他的照片裡也有那個正在燃燒的人，他二話不說將照片傳到群組：「你們有留意到昨天拍的這張照片嗎？」

阿竹雖然覺得傳到群組恐會增加恐慌，但這照片太詭異了，他們拍到了什麼!?

「這樣說來百鬼夜行裡不乾淨？」阿竹把想法發到了群組，都能在裡面拍到那個了！「不行，我得刪掉照片！」

正妹送來兩瓶已開瓶好的啤酒，元寶抓過來就是大口灌下壓壓驚，阿竹亦然。

雖然對艾如有點抱歉，但他不敢留那天的照片啊！

兩個人手忙腳亂的刪掉照片，卻沒有換得任何心安的感覺。

「不行！」元寶起身，焦急向外走去，他們得抽一根菸壓壓驚。

阿竹當然知道他的想法，他們走到店外，再次點燃了香菸，需要平復一下心情，看著點火的打火機，元寶略挑了眉。

「這打火機你幹回來了喔？」

「啊？這？」阿竹手上是那個復古雕刻的七彩打火機，「不小心帶回來的，我下次見面會還給余晴潔的。」

爲自己點燃菸後，他順手又在那兒喀嘰——

阿竹緊張得手都在抖，他用力大口的吸著菸，菸頭的橘色變得活躍，急速向後燒，一秒內燒完了整根菸，急速朝著阿竹的嘴邊退去。

咦？那天在「百鬼夜行」外時好像也發生過那樣的事，那天一秒內燒掉一公分，但是現在整根菸都要燒完了！

「想……」元寶才叫說什麼，但那橘色火光卻在下一秒，直接在阿竹嘴裡炸開！

「哇！」火從菸頭一路燒掉整根菸，最後在菸嘴處冒出一團火，燒上了阿竹！「幹！」

他痛得吐掉菸，焦黑的菸蒂往下掉，觸及了他的大腿褲管，小小的星火瞬間點燃了他沾滿酒精的褲子——轟！火即刻燒起，燒得阿竹措手不及！

「哇咧！怎麼回事!?」元寶連忙用手想拍掉阿竹身上的火，結果自己手上夾著的菸瞬間就燒了起來，「幹！」

他被嚇到的鬆開手，著火的菸也落到他身上，一秒燃燒！

啊啊！搞什麼東西啊！兩個男人在外面手足舞蹈的拍著滅火，其他菸友也過來幫忙，只是詭異的……火竟然拍不熄？

「廁所！」阿竹忍著疼，一把推開玻璃門，朝酒吧裡的洗手間衝了進去！

一餐廳的人都錯愕非常，怎麼會有人抽菸抽到燒起來呢？

阿竹率先衝進男廁，打開水龍頭就拼命的往身上澆水，只是這一潑，火卻直接竄燒上他的手！

「啊啊啊——」阿竹痛得尖叫，一旁的元寶趕忙撈過了水一邊往自己膝上拍，一邊想為阿竹澆熄。

但是，火舌竟也燒上了他的雙手！

元寶驚恐的後退，空氣中有著淡淡的酒味，他使勁甩著自己的手，卻發現自己滿手都是酒味……水龍頭裡的，是酒？

『火能淨化罪孽的。』男廁間的門突然被推開，走出了一個他們剛剛才看過的男人！

照片裡的陌生男人！

「哇啊！啊！」火燒肌膚的痛楚太逼人，阿竹拼命的把手往牆上蹭，但這火怎樣都壓不熄。

元寶轉身要拉開男廁門，手才一碰觸，瞬間被燙熟，甚至還冒出了白煙。

「啊啊啊——啊——救命！」元寶在裡頭使勁敲門，救命啊！

慘叫聲在裡頭此起彼落，酒吧客人嚇得四處逃竄，服務人員衝過去發現門竟然反鎖，而且隔著門都能感受到裡面的熱度！

「報警！叫消防車！」

阿竹眼睜睜看著自己的手從膚色變紅、轉熟，慢慢的烤著，淒厲的慘叫聲不止，雙腳也疼得跪地，但他……他居然還活著！

『可以看著自己被淨化，是很難得的。』那個男人全身開始自動起火，『看看鏡子裡的自己啊！你們正在蛻變呢！』

火燄包裹著那男人的全身上下，眨眼間他就成了一個炭化的人體，可是卻行動自如，用讚嘆的眼神看著他們。

他在欣賞他們的痛苦，元寶在地上打滾，被火燒的痛苦錐心刺骨，像被千支針刺入貫穿般的痛，簡直生不如死！

聽著肌膚逐漸燒乾的劈啪聲，火焚鬼滿意且陶醉的看著在地上垂死掙扎的阿竹跟元寶，伸手觸及了門板，廁間的門也開始起火燃燒。

『每個人生來都有罪孽，你們要在烈火中懺悔自己的罪。』他彎身拾起了那枚打火機，打火機在熊熊裂燄中，卻紋絲不動的平靜。

火焚鬼蹲下身，就在阿竹跟元寶中間，看著火舌一點點的呑噬著他們的生命，將他們全數淨化。

消防車的聲音抵達，店員們緊張的指著店內洗手間的位子，此時的小酒吧裡已經是濃煙密佈，排煙口裡冒出陣陣濃煙，消防人員拉著水管衝入救火。

而角落桌上那兩支正面向上的手機桌面中，照片裡燃燒的人增加到了四位。

叮，訊息跳了出來：

「這什麼照片啊？特效嗎？余晴潔後面那個人是誰？」

「現在什麼時候，用這種照片嚇人嗎？」

第七章 離不開的死者們

凌晨一點半，深夜的溫度變得更低，風也突然颳大，新聞的確有報導這幾天會變天，但厲心棠合理懷疑這樣的溫度跟天氣沒有絕對的關係。

五年前一整年發生過多起火災，但全部導向電線走火，一切只能歸於意外，唯有余晴潔那間公寓有縱火可能，但卻找不到凶手。

由於才五年，所以要找出當年的新聞並不難，其中一起離公寓失火案最近的是只差一個月的電器走火，燒毀了兩層樓，一家五口全數葬生火場；這起沒有明顯縱火原因，其火場明顯顯示起火點在一台暖氣扇，還有插得滿滿的延長線，另外陽台屬違章建築，鐵窗加上外覆廣告，逃生完全不及。

起火時間又在深夜，一家人都在睡夢中，逃生方向也錯誤，因此命喪火場。

厲心棠與闕擎從計程車下來時，詫異的看著那整棟樓，很令人驚訝的是那一整棟樓現在已經成了荒廢空地。屋子已經被打掉了。

「連樓都不見了嗎？」厲心棠小心的逼近。

「有一種說法是發生命案之處需要曬地，將整棟樓打掉，讓地經過陽光的照射曝曬數年，將陰氣曬走，再做幾場正式法事後就可以再重建。」闕擎慢慢悠悠的說，「看來這個地主就是這個打算了，連把地開放成停車場都懶。」

因爲那塊地現在裡頭雜草叢生，就是片荒地，唯外頭用鐵皮大門圍起，門上還寫著「私人土地，請勿擅入」。

不過這扇門也只是意思的闔上，中間用鐵鍊圈住而已，縫隙大得很。

「咦？那如果曬得夠久，也很難找到什麼了吧？」厲心棠有幾分失望，站在門縫裡瞧著。

「妳眞覺得是這樣嗎？」闕擎一點兒都不以爲然，「這氛圍一點都不像曬乾淨的感覺。」

是嗎？厲心棠低頭看向扳著門縫的手，汗毛根根豎起，所以這種不安感果然還是有些什麼存在。

當初是一家五口，有爺爺奶奶、父母與一個孩子，其他住戶都倖存，這樣也會冤魂不散嗎？

「進去看看。」厲心棠向來是不入虎穴、焉得虎子的類型，側著身子一閃就穿過了縫隙鑽進去。

一踏上那荒煙蔓草的土地，瞬間感受到所謂溫暖！這塊地範圍的溫度好高啊！她蹲下身來以掌心貼地，連土地都是溫熱的，很難想像事隔五年，火災的餘燼未消嗎？

闕擎是削瘦，鑽過那門縫並不難，但他討厭鑽縫隙，選擇爬過那鐵門，翻門而躍下。

「耍帥喔？」厲心棠回頭看著躍下的他。

「對，我不喜歡鑽。」他也大方承認，「這裡還眞溫暖。」

「無形的火還在燒著嗎？」厲心棠打開手電筒，戰戰兢兢的朝四周照耀著。

是。闕擘一點兒都不需要手電筒，因爲這塊地至今依舊燃燒著，腳下每一塊均爲燒紅的土地，燃燒的長草，還有在裡頭未曾離去的亡者。

「這種地方原本還挺招陰的，多虧了這長年不熄的火燄，附近的孤魂野鬼都不會過來。」闕擘看著在長草叢後的影子，「不過那一家子似乎還在。」

「在哪？」厲心棠的手電筒亂晃著，光咻咻的來回，她眼裡就是陰森的長草跟垃圾雜物。

闕擘不耐煩的抓住她亂晃的手，抽過手機，「妳這樣晃不可怕嗎？突然亮過去，有什麼衝出來不嚇死妳？」

嗚……厲心棠抿著唇，「你不講我還沒想到這種事，講了我就怕了啦！」

「走。」他將手電筒關掉，手機還給她，直接就往前走了。

咦咦！很黑耶，她看不見啊！厲心棠趕緊上前，一把抓過他的左手便緊緊挽著，現在能依靠的亮光只有外頭的路燈，但這塊地是長形的，往裡延伸的深處，加上現在是半夜，周遭的住戶燈都已經暗去，顯得更加漆黑。

心裡即使知道，在這裡的亡者都是無辜被燒死的人們，應該不會有怨恨或是殺氣，可是剛剛在殯儀館的經歷，燒焦的人那扭曲的身體、駭人的表情、淒厲刺耳的慘叫聲，都令她頭皮發麻。

那家人還在生活著，闕擎看見的便是如此，兩個老人家安靜的躺在地上，小孩子在原地繞著圈圈，手裡拿著飛機玩具在飛，父親坐在床上滑手機，母親則催促著孩子該睡了。

他們在兩個房間的狹小範圍裡，依舊在重複著生前所過的生活。

「去吧。」闕擎突然拉過厲心棠，直接往前推。

什麼！厲心棠直接刹車，全身都在抗拒，不明白的看著他：不要！

「往前走就好，沒有殺氣的。」他穩定的說著，「我就在妳身邊。」

在她身邊……厲心棠眼前只有比她還高的雜草，拜託不要讓她踩到什麼，當然這都是空想，當時火災是在二樓，樓都拆了，哪還能踩到什麼？

深吸了一口氣，她想要見——火焚鬼！

『飛喔飛喔！』男孩手拿著飛機，上上下下，『媽媽妳看，我的飛機飛得好高好遠！』

『好，該睡囉！』媽媽口吻不好的說著，『快點！不要再玩了！』

走上前，抽過了男孩手裡的飛機。

厲心棠感到手部一空，她先接觸到男孩的亡靈了！孩子的情緒是低潮的，想玩又不能玩的難受，被趕著上了床。

她略為把意識拉回，她必須再跟大人同步，因為孩子一般能感受到的不夠多啊！

『睡了。』媽媽到床邊來，為孩子蓋上被子。

現在！厲心棠再往前一大步，伸出手反扣住女人的手！

闕擎亦步亦趨跟在身邊，看她闔著眼跨出步伐差點跌倒時，緊張了一下。

厭煩。

厲心棠與母親的亡靈同步了，一瞬間只有滿腹牢騷與厭煩，這個家過得緊張，家事讓她疲累，還要照顧兩個老人家，有種喘不過氣的厭惡感。

『你不要一直滑手機行不行？回來就只知道打電動跟滑手機。』女人不客氣的抱怨著，『孩子也要我哄，我不累的嗎？』

男人根本沒在聽她說話，就敷衍的喔了一聲。

女人走到角落去，把暖風扇打開，對著孩子的床，再氣呼呼的爬上床，一把抽過男人手上的手機。

『你有沒有在聽啊！』

『喂！』男人比她還凶的咆哮，『妳凶什麼啊！妳每天在家是累什麼！在外面工作的是我！我上班累得跟狗一樣，回來休息一下怎麼了嗎？』

『我每天在家你當我度假嗎？你知道我要做多少事嗎？』女人越聽越火大，『在外面賺錢很了不起是不是？沒有我這個家能安寧嗎？誰顧小孩？還要顧你爸媽？』

男人瞬間目露凶光，警告的指著老婆，『妳給我小聲一點！我爸媽就睡在隔壁……妳是怎樣？照顧我爸媽妳有意見是不是？』

『對，有意見。那是你爸媽，憑什麼全扔給我照顧？』

『妳待在家裡無所事事，我賺錢回來給妳花，幫我照顧一下我爸媽又怎麼了？』男人極度不爽，『妳說話有點分寸喔，妳是嫁過來的……』

『你還知道我嫁給你喔？不是賣給你喔？』女人怒火中燒，厲心棠覺得這對夫妻的火氣都快比火災強了，『換我也了不起一下，有沒有本事交換？換老娘去工作賺錢，你在家裡無所事事給我看！』

男人嗤之以鼻的哼了聲，『妳能賺什麼錢？賺的能養全家嗎？』

這男人求生欲好低喔！連厲心棠都爲他緊張起來，女人下一秒拿起枕頭就往老公身上砸了！

『你瞧不起我！你敢瞧不起我！要不是爲了生孩子，我至於待在家嗎？我之前也是有工作的好嗎！』她抓狂的一下又一下的打著，『家庭主婦無所事事？你還有臉說！』

『幹什麼啦！』男人不敢嚷得太大聲，深怕爸媽聽見，但也不客氣的甩開老婆，將她推倒，『妳是瘋了嗎？無理取鬧！』

『給我滾下床！滾！』女人氣急敗壞的踢著他，『去客廳睡啦！』

男人不想跟她爭，一臉好男不跟女鬥的態度，眞的滑下了床，抱過枕頭時還不爽的把枕巾朝角落亂丟，就走出房門外。

枕巾落在了暖風扇的後頭。

女人就在怒不可遏的情緒下入睡，孩子在床上聽著父母吵架也知道一二，只是不瞭解內容，不過沒兩分鐘就睡著了。女人翻來覆去難以入眠，起身喝了水，再過去把孩子踢掉的被蓋妥，想著是暖風扇太熱了，所以又將暖風扇轉向自己這邊。

拉動暖風扇時，電線一塊兒牽引到那條枕巾，但她沒有在意，最後枕巾的一角就在延長線底下。

終於，女人還是在滿腔怒火中睡著了。

再睜眼時，是被孩子淒厲的哭聲喚醒的，房門口已經是一片火海，暖風扇燒了起來，延長線也已燒焦，火順著枕巾延燒，也燒及了後頭一堆衣服，徹底阻斷了門口的路。

屋內的光線，竟是熊熊大火！

『咳咳……咳！』女人趕緊衝過去抱起孩子，看著房門口的大火，她根本不敢衝過去，『爸爸！爸爸！』

外頭隱約的聽見老公在喊他爸媽的聲音，咳嗽聲此起彼落，她抱著孩子到浴室去，拿著濕毛巾掩住孩子與自己的口鼻，眼睛都被燻得睜不開了，想離開浴室時，卻發現房內已是一片漆黑，濃煙密佈！

所以她關上了浴室門，抱著孩子在角落等待救援。

『媽媽……咳咳……』孩子虛弱的哭著，連哭聲都越來越聽不見。

『沒事！媽媽在……』女人緊緊抱著孩子，濃煙已經使她無法呼吸。

她的最後，就在極度驚恐與不明中，抱著孩子一起在浴室裡燒成了焦屍。

來不及反應換氣，厲心棠在一陣天旋地轉中，發現自己又在明亮的屋子裡，女人不耐煩的對著孩子喊著：『該睡了，不要玩了！』

咦咦！又重來了！

她試圖舉起手，想摸索著身邊有什麼，亡靈在同一個地方轉，她自己必須脫離，必須離開他們的情緒——闕擎上前一把握住她的手，直接將她拽近身前。

「哎呀！」她瞬間清明似的，新鮮的空氣灌進來了。

看見眼前的是闕擎，再度死皮賴臉的放鬆身子，下巴抵著他的胸膛，賴在那兒不動。

「這個相對溫和很多？」他笑著。

「嗯，只一直在重複死前的事……是不想面對還是不能面對？」厲心棠有點頭疼，「媽媽的死是在忿怒、不平跟恐懼中結束的，起火點就是暖風扇加上可怕的延長線，只是在房裡燒，但好像被趕出去的老公跟隔壁房的公婆也沒來得及。」

「濃煙殺人是很快的，稍有遲疑就來不及了，我看新聞說母子在浴室裡被發現，丈夫與兩個長輩距門口只剩十公分——有火焚鬼嗎？」

「沒有，而且不見人爲縱火。」她搖了搖頭，「就那個電器跟延長線的使用很扯，插好插滿，還沒有牌子……」

突然間，闕擎整個人呈現高度警備，倏地往大鐵門望去。

「啊！」厲心棠感覺到了，她即刻直起身子，繃緊神經的望向同一個地方，這種壓力她遇過，是厲鬼！

有什麼東西往這裡靠近了！

這種直覺人人都有，從心底湧起的恐懼，厲心棠打了個哆嗦，感受著冷汗滲出，汗毛直豎，她悄悄往闕擎身後躲，他則是繃緊身子，強忍著不適。

「我說妳躲我後面會不會太扯？」他咬牙低語。

這傢伙有整間「百鬼夜行」的人當靠山，躲在他這個連一隻地縛靈都要閃躲的普通人身後？

「好可怕。」她抖著聲音說。

一陣光亮從鐵門那兒過來，火燄輕易的穿過所有縫隙，一路燒了進來，不得不說……火燄其實眞的極美，美麗的火舌總像在舞蹈，襯著漆黑的夜空更顯它的豔麗。

扣掉下面那具黑炭般的身體以外，那實在很嚇人。

火焚鬼悠哉的走了進來，明顯的打量著闕擎與厲心棠，闕擎連問都不必問，好可怕的戾氣，這傢伙狠戾無比，身上那紅豔之火裡，不知道帶了多少血腥。

身後的厲心棠戳了戳他，問啊！

「犯不著，他就是火焚鬼。」闕擎淡淡的應著。

『果然看得見我啊！』火焚鬼彷彿想看穿他們似的，『看得見我還不怕的人類，倒是很少啊……呵，不過一般看得見我就算害怕，也來不及了。』

呵，呵呵呵呵……火焚鬼自顧自的在那兒得意的抽笑起來。

厲心棠看見他，就想到與洪艾如同步的痛楚，被活活燒死的痛實在太可怕了，只是回憶，全身的細胞都會發顫。

「你……燒死了洪艾如對吧？」厲心棠發問，「你跟上余晴潔，卻燒死她朋友？還燒了這麼多人，爲什麼？」

『洪艾如……噢，那個骯髒女人啊！我是淨化使者啊，瞧，火多美，又能淨化罪孽。』

骯髒，厲心棠記得，洪艾如被燒死前她的手機的確傳來火焚鬼的聲音。

「她有什麼罪啊？也不是你來評判的吧！」

『她對男友不忠，有男友還在誘惑別的男人，這種女人太婊太髒。』火焚鬼說得理所當然，『我淨化她之後，她就能重生！』

「都死透了怎麼重生？」闕擎直想翻白眼，洪艾如燒乾到都快可以再拿去生火了！

『所以她重生了吧，火焚是爲了提煉出純淨的靈魂。』火焚鬼義正詞嚴，『我剛剛也才淨化了她那兩個沒義氣的朋友。』

這句話太過輕描淡寫，卻讓人大感吃驚！

「什麼!?你剛淨……」厲心棠好想拿手機出來查，「你對余晴潔下手了嗎？還是誰——」

『那兩個男生，朋友死了還在喝酒慶祝，有罪。』火焚鬼泛起滿足的笑容，『他們也能燃起美麗的火燄，靈魂將在火中變得純淨。』

男生……余晴潔的朋友中有男的嗎?厲心棠不敢拿出手機引火焚鬼注意，只能忍著等等再查。

「話都給你說就好了，你只是在濫殺無辜，你是因爲被火燒死，所以懷恨在心，也要這樣燒死他人嗎？」闕擎謹慎的帶著厲心棠移動，「那些人跟你無冤無仇是吧?你的濫殺，只是讓你變成惡靈而已。」

火焚鬼深吸了一口氣，用一種睥睨萬物的眼神看著他們。

『我是在淨化靈魂，那是我的使命。』他望著自己燃著火的身體，『我是被火燒死的嗎?或許是吧？』

他不記得！他不記得自己是怎麼死的！

「你不記得是被燒死的嗎？是被誰燒的？還是電線走火？」厲心棠趕緊追問，「為什麼不針對燒死你的人？」

面對厲心棠的連續發問，火焚鬼沒有太多反應，事實上就那張燒成炭的面容來說，真的也很難看出什麼反應。

『妳是什麼人？』他伸出手，指向厲心棠，『妳身上有奇怪的氣息。』

真好！等級高就是好說話！闕擘一秒把她拉出來，「百鬼夜行的人。」

哦？難怪，那女孩身上有股奇怪的氣息。

「你跟著余晴潔是為什麼？因為她住進了你之前燒掉的公寓嗎？」厲心棠眼睛都有點疲勞了，火焚鬼身上火光超亮，「燒死小雨一家人時，你死了？還是還沒死？」

火焚鬼略有點震顫，『小雨……』

這名字，他似乎在哪裡聽過啊！

「我可以幫你找出你是怎麼死的喔！」厲心棠趕緊出聲，「但你能不能停止無謂的殺戮？說不定你一直殺錯人啊！」

火焚鬼突然歪了頭，瞧著厲心棠咧開了嘴。

『我只是喜歡火。』他驀地邁開步伐，『擅闖別人的地盤，有罪。』

「這又不是你家！」這傢伙也太不可理喻了吧！

火焚鬼雙手隨便一揮，大批的火直接朝他們拋來，簡直就是個行動的噴火槍！闕擎與厲心棠極有默契的分別朝兩個方向逃跑，目的當然是那扇大門啊！

『有罪就要贖罪！』火焚鬼朗聲大笑起來，『接受淨化吧！這對你們好啊！』

「如果這樣，那需要淨化的是你吧！」闕擎是從火焚鬼的右手邊跑的，他伸長手，就要抓住他。

但闕擎卻已經扭開了水瓶，直接朝他潑了一臉水。

『呵……呵呵，這種水……』火焚鬼狂笑沒多久，身上的火燄卻突然變小了，『啊啊！你對我做了什麼!?』

誰有空解釋啊！看著厲心棠飛快的鑽出門縫，這一次闕擎完全沒有耍帥的意圖了，鑽！照鑽！

磅！一鑽出來，闕擎立刻貼上兩道符紙，上氣不接下氣的後退著。

他們兩個明明都沒被燒到，但全身都滾燙得在冒煙，在裡面那個區塊裡，就像在火場裡似的。

「你怎麼都有這種東西啊？」厲心棠深深讚嘆。

「因爲我沒有厲害的靠山。」問這什麼廢話！不然他從小到大怎麼活的？「這符只能困往一時，惡靈等級的或許可能很快就破了！妳要不要問問店裡有沒有什麼法器符咒類的可以幫妳啊？」

厲心棠皺著眉搖頭，「闕先生擎，我家店裡全是妖魔鬼怪，誰會有法器啦！」

啊，說得是啊！法器是拿來制他們的，他們應該避之唯恐不及，說錯了說錯了。

「那水是什麼？」她在他身上到處看，就身前那小背包也能裝水喔。

「就是一種對付惡鬼的法器，力量不大，但至少是正道。」闕擎伸了伸懶腰，「妳快點回去店裡吧，省得等等火焚鬼出來找妳算帳。」

厲心棠嚇得圓睜雙眼，「他會嗎？」

闕擎聳了肩，他已經在滑手機了……酒吧暗夜火警，一小時前的新聞，糟糕了！

「余晴潔今晚沒事嗎？」

「不會有事，我請保鑣過去護著她了。」厲心棠肯定的點頭，「你查到什麼了嗎？」

「一小時前有一個火警，應該就是余晴潔的朋友吧。現在她應該還不知道，先別跟她說好了。」闕擎正在思考某些事，「我要回去了，今天折騰夠了。」

「咦？才兩點耶！」厲心棠緊張的追上前，「應該還要再去另一個——」

「厲心棠！」闕擎突然回首，嚴厲的說著，「有點分寸，我需要休息，妳也是。」

她即刻噤聲，認眞的道了歉，「對不起，我只是想說明天沒排到班……我心急。」

「妳不是亡靈，也不是妖怪，身體扛不住一再的跟亡靈同步，我也受不了一直待在慘死的現場，那對我都是折磨。」他認眞的看著她，「我會幫妳，但不能沒節制。」

厲心棠聽訓般的點點頭，囁嚅的說要坐計程車回去，問闕擎要不要搭順風車，他搖頭，他需要一個人，有些事需要思考。

厲心棠招了計程車坐上，闕擎目送她離去後，決定找共乘腳踏車騎回家，乘著夜風，稍微回憶一下——他爲什麼覺得自己好像聽過……那個火焚鬼的聲音？

還是先走吧！那個符咒最多只能困火焚鬼一時，快點回到家才是保障。

下意識回頭再看一眼離去的計程車，闕擎卻一怔！這條路又大又直，照理說車子得行駛到下一個路口後再右轉出去，才能前往寧靜街，怎麼可能這麼快消失？

一陣惡寒湧上，闕擎直接衝到騎樓下，隨便拖了一台腳踏車就出來——厲心棠！

坐上計程車的厲心棠立即查看新聞，果然有一起火警，因爲新聞才剛出，所以沒有很詳細的說明。

有德古拉護著，余晴潔今晚應該沒事吧，順便圓一下她的夢，看能不能讓她心情好一點；讓小德陪妹子約會，就不算干預人類命運了吧！

不停刷著新聞，一直沒有最新報導，只看到疑似兩名死者。

「哎唷，怎麼都沒更新。」她心急如焚，她其實很想問余晴潔，她還有哪些朋友的！

去喝酒可能是爲洪艾如哀悼，這樣也被硬說有罪？火焚鬼根本是縱火狂吧？奇怪了，他自己被火燒死的，怎麼還會喜歡燒人呢？

「小姐在看什麼？」司機大哥突然問了。

「啊沒有啦，就看到剛剛酒吧那邊好像有火災。」厲心棠隨口回著，「也在附近不遠啦，大哥有注意到嗎？」

「哦！有啊，那邊塞車啊，濃煙跑出來，很嚴重捏！」大哥指向某個方向，「有兩個肖年欸在外面抽煙，結果菸蒂燒到褲子，就燒起來了！」

「……嗄？」厲心棠挪了前面一點，「菸灰掉到褲子，人會燒起來？」

這眞是世界奇聞。

「對啊，很多人都有看見，拍還拍不掉，所以他們衝進廁所，結果就沒出來了。」司機大哥攤手，「然後那間店濃煙密佈，消防車都跑來了。」

「太扯了吧……」厲心棠喃喃說著。

「很難講啊，他們之前身上被酒灑到，褲子都滴滿酒精啊！」

「就算這樣，抽菸的菸灰耶，大哥！」厲心棠啼笑皆非，「就迷你火星好了，眞的會燒起來？」

「欸，不能小看捏！星火燎原妳沒聽過喔！」大哥嚴肅的說著，「而且又用到了不該用的打火機，就……唉。」

「不該用的……」厲心棠陪著笑，但笑容卻突然僵住。

爲什麼這個司機大哥，會知道這麼多……講得好像他在現場似的。

厲心棠默默後退，靠上椅背，她悄悄將手往門把上扣，只要一紅燈，她就要立刻下車。

「大哥，不該用的打火機是什麼意思？」她小心翼翼的問。

「就是不該用啊，不然怎麼會被燒死！」司機大哥平穩的說著。

厲心棠開始留意到他們不是在街道裡，曾幾何時車子開到了偏僻處，旁邊居然是樹跟岩石？他們離開首都中心了嗎？怎麼可能！

「我是要去寧靜街，大哥？」厲心棠堅定的說著。

「很多事不是我們能決定的對吧？」司機大哥突然笑了起來，「哈哈，妳怎麼沒問我為什麼知道打火機的事？」

隔著中間的玻璃，厲心棠看見司機大哥的身上，開始冒出了黑煙。

「為什麼，你會知道打火機的事……」厲心棠歛了下顎，車子裡開始冒出了焦味！

「因為，」司機大哥笑著回頭，火轟的一下燒了起來，「我也用了那個打火機啊！」

「哇呀！」厲心棠即刻拉開車門，卻發現車門紋絲不動，上鎖了？「開門！你開門！」

她拍著隔離的玻璃窗，但右前方座位的司機大哥卻像癱軟似的躺著，他全身上下燃燒著，燒得相當劇烈，劈啪聲不斷，焦臭味不停襲來，濃煙在密閉狹小的空間裡瀰漫著。

「咳咳……太扯！」她尖叫著，使勁的嘗試開所有的車門，雙腳都在踹著窗，卻根本無能爲力！

「啊啊啊——」司機大哥突然震顫身子，像驚醒似的發出慘叫！

厲心棠看著燒黑的他，他回頭瞪圓雙眼，燒得皮開肉綻的手朝給錢的洞口伸了過來，『我好痛！好痛啊——爲什麼!?』

厲心棠看著那僵硬的十指，咬著牙緊握住拳，最終倏地舉起手，握住了那焦炭般的手！

幹！車子急剎，他忍不住低咒，『這些摩托車喔，說衝就衝出來，巷口要減速不知道喔！』

看了看時間，再半小時有一個預約車要接，他提早到了，就先停到附近休息一下，能睡多久是多久吧！找個好位子停妥，熄火，椅子調低，這樣就是個舒適的睡床了！

嫌路燈太亮，他還把遮陽簾拉起，準備好好的瞇一下。

只是躺下去才沒幾分鐘，嫌熱只好把窗子降下來一些，撐起身子時，卻看見了對街的奇怪景象。

有個全身黑色、穿著連身雨衣的人居然在別人的機車上澆淋什麼！他沒出聲，但空中都能聞到飄來的刺鼻汽油味，那傢伙手上好幾瓶東西，來來回回的澆著，然後左顧右盼，一副鬼祟模樣後，從懷裡悄悄拿出了打火機，啪。

啊！他緊張的坐直身子，縱火！

火勢唰地就燒起來了，順著汽油幾秒內就連燒了數台機車，那個人影一點完火就跑了，直接朝他這裡衝過來，不知怎地，他下意識的躺回椅子上，想要躲起來！

閉著雙眼裝睡，他好像感受到有影子停在他車前，但是他不敢睜眼，一直到有人發出了喊叫聲：『失火了！』

他睜開眼，車前車旁都沒有人，民眾的慌亂聲此起彼落，他再往窗外看去時，火勢已經大到一樓都瞧不見了……他還有工作，他這麼告訴自己，所以發動引擎，離開了現場。

那場火災無人死亡，但燒毀了好幾户人家，確定是人爲縱火，但沒有拍到是誰幹的，拍得到人也沒拍到臉；他也沒看到臉啊，他告訴自己，既然這樣，就沒必要去惹一身腥了，所以他並沒有報警，也沒對任何人說看見縱火犯。

幾天後，又遇上一個預約，按照指定時間到了指定地點，結果居然不是載人。

『認眞的喔？』他看著小鬍子老闆把大型音響搬上計程車後座時，有點啼笑皆非，『啊這個你們自己送不是比較快？』

『啊人手不夠啊，給你賺！』老闆說著，給他一張寫有地址的紙跟一瓶飲料，『很近啦，你不必搬上去喔，說好的！這飲料請你！』

『這麼好！謝謝老闆！』他接過紙條，看起來的確不遠。

老闆拍拍他，就緊趕著回去店裡了，他將吸管插入杯中，這麼熱的天飲料絕對是必備，眞好！到後座喬好音響，可別撞壞了，等等要賠就不划算了。

載著音響往地址出發，但奇怪的是越走越偏，他叫出導航發現眞的是附近的山區，雖不到高山，但已經是杳無人煙之處！他記得這裡一兩公里的範圍是錯落一些住戶，原來是那裡的人訂的喔！

當然不必搬啊，那邊都是一樓鐵皮屋。

打了個呵欠，睡意突然襲來，那是完全不受控的感覺，他眼睛幾乎睜不開，幾次差點撞到電線桿，不得已之下他趕緊朝路邊空地開去，先停下來再說……怎會這麼睏……

拍拍！有人敲著車窗，他用僅存的意識降下車窗。

『大哥！你不能停這裡！再往裡面一點行嗎？』

『我就愛睏耶！』他甩著頭，看著一隻手指向右邊，『歹勢喔！』

緩慢的踩著油門，順著手指的方向往下開，這兒剛好是個下坡，不需花太多氣力就讓車子滑下去了。

不對……這種無力感太奇怪了……甚至連有沒有踩剎車都已經不記得了。

完全無法動彈，但是他意識仍在，那像靈魂被困在身體裡的難受！接著車門被打開了，他迷迷糊糊的以爲是警察的同時，刺鼻氣味的液體潑灑上他的身體、他的車子！

咦？這個味道……男人恐慌的察覺到是汽油！等等，誰？

他眼皮拼命都睜不開，只能瞇開一小縫，聽力倒是正常的聽著液體潑灑聲由前到後，難聞的味道令人想吐，但一直到對方忙碌完畢爲止，他都是動彈不得的情況。

一股力道從他上衣口袋裡，抽出了菸盒。

有人把菸硬放進他嘴裡，讓他有氣無力的含著，男人吃力的撐開眼皮一小縫，看見的是一個復古、刻有龍騰圖案的打火機。

啪的開啓，火燄冒出時同時帶有七彩光芒，對方爲他點了菸。

『那天你看見了對吧？』陌生的聲音說著。

他沒辦法回答，腦子裡只想著爲什麼爲什麼？那聲音跟剛剛的小鬍子老闆不同，他想到後座的音響、想到那瓶飲料，這都是故意的！

砰！門被關了上，這個震顫讓他嘴裡的菸又往下掉了一點點，他咬不住菸，他完全無法控制嘴巴。

是那晚的事嗎？他沒有看見誰的臉啊！

喀！後座突然傳來一陣機械音，緊接著音響裡傳出了嗶嗶嗶的聲響，然後難聞的氣味冒出來了！

燒東西的味道，音響自燃了嗎？而他嘴裡的菸終究還是滑落了他的嘴……落下的那瞬間，大火即刻點燃。

『啊啊啊——』

第八章 火起之處

厲心棠滾到了後座底下，把自己塞在裡面，好熱好燙喔！

車門突然打開，空氣瞬而流入，「厲心棠！」

咦？厲心棠還沒反應，身體直接被人半撈半抱的拖了出去！闕擎將她往身後的地上扔去，趕緊用腳將車門給踹踢關上！

「走！往後跑！」他重新奔回厲心棠身邊，她正趴在地上猛咳嗽，哪有辦法站啊！

闕擎也是貼心，沒有強迫她站起，而是再次從後面架著她的雙臂，繼續往後拖。

『他不能這樣子！我什麼都沒看見！』司機大哥從車窗裡往外吶喊著，『放我離開！讓我離開這裡啊啊啊啊——』

他們眼前數公尺處，是一輛正在燃燒的計程車，厲心棠撐著身子翻過來，就這麼枕在闕擎的腿上，看著大火在車內劇烈焚燒，司機大哥在駕駛座位上痛苦嘶吼，火舌最後燒裂了玻璃，竄燒上天際，爆裂聲開始發出。

「那……那不是人吧？」她覺得不可思議，「我搭了輛鬼計程車，而它還能燒？哇！」

轟！爆炸聲嚇得她縮了一下，這不是現實的火燒車為什麼會這麼逼眞？而且

她眞的被嗆得不輕啊

「這車的火只怕從來沒熄過吧！」闕擎緊張的顧盼，「照理說他該消失了，我們不能待在這裡，萬一燒到油箱炸了也波及到我們就麻煩了。」

厲心棠完全無法理解，「那不是眞的車！那是亡靈之車，它應該在幾年前就已經燒掉了，不該會傷害到現在的我們啊！」

「厲鬼都能弄斷我骨頭了，何況區區車子。」闕擎粗魯的將她拉起，「快點走，我也沒遇過啊！」

轟！大火從破裂的玻璃中燒出來，整台車由內到外燒得通紅，眼看著應該就要燒到油箱了！但是這台車子停的地方附近毫無遮蔽物，他跟厲心棠後方是死路，必須折返、越過這台燃燒中的車子，才能有地方閃躲！

「妳戒指拿來用一下啊！」闕擎緊張的抓起她的手，「上次它不是在水裡頭保護我們嗎？」

「我……」厲心棠舉起手，「但我不會用啊！」

闕擎一口氣都要上不來了，是到危急時刻才會有作用嗎？她的養父母心可眞大啊，他認眞覺得現在就是危急時刻了！

磅——計程車爆炸了！闕擎二話不說即刻抱住了厲心棠，背向計程車護在懷裡，以期讓傷害減到最低！

如果是鬼或人他還能有辦法，但車子他眞的無能爲力！

這是多年前就出事的車子，所以沒有任何人類或住戶會察覺，他以爲車子應該會燒一燒消失在空氣中的，那個司機大哥也太執著了吧！

可爆炸後四周突然一片靜寂，不僅沒有東西噴發，燃燒的劈啪聲也消失了……不痛。

闕擎睜眼，明顯的感受到亡靈的陰氣消失……但取而代之的，是另一種更叫他不寒而慄的壓力。

冰冷的手搭上他的肩頭，一股怡人的淡香味隨之傳來。

「沒事了，車子走了。」依舊是那好聽的嗓音，闕擎戰戰兢兢的往右看上，精緻的臉龐帶著溫柔的肯定。

「厚……」闕擎終於鬆了口氣，翻身癱軟在地，看著剛剛火燒計程車的位置，除了殘存的高溫白煙外，什麼都沒剩下。

「小德！」厲心棠激動的抱住德古拉，「剛剛那個……咳咳咳！」

「噓，我知道！我知道！」德古拉臉色緊繃，安撫著厲心棠，「它燒完就消失了。」

「然後呢？又一輪新的循環？」闞擎嚥了口口水，虛脫得難以動彈。

德古拉微微點頭，打橫抱起厲心棠，「我要帶棠棠回去，等等來接你。」

「咦？等等！余晴潔呢？」厲心棠緊張的抵著德古拉，「你要當護花使者耶！」

「她今晚不會有事的。」德古拉皺起眉，「妳比較有事，聽話！」

厲心棠咬了唇，小德扳起臉時很可怕，他是眞的在生氣，還是不要頂嘴好了！向下看著坐在地上的闞擎，她又是滿臉擔心。

「我自己回去就好，我不去百鬼夜行。」闞擎仰望著德古拉，「抱歉，是我疏忽，讓她上了那種車子。」

識時務者爲俊傑，先道歉看能不能罪減一等。

德古拉紅色的雙眸略爲溫和，像是滿意他的道歉似的，「辛苦了。」

這若有似無的勸慰聲跟著晚風一起送來，眨眼間就消失在自己面前了。

唉，闞擎至此這才眞正放鬆，他們其實在剛剛的私人土地不遠處，一個社區的小公園裡，闞擎連走都懶得走，就地向後躺在草地上。

「我眞的是辛苦了！」他虛累的看著烏雲密佈的夜空，還有幾天才月圓，但皎潔的月光還是隱約透著薄雲露出。

躺在地上的雙眼卻越睜越圓，驚愕的緩緩坐起——不會吧！

元寶與阿竹雙雙殞命在一間小酒吧的廁所裡，一場沒人搞清楚怎麼回事的意外，在數十人的目擊下，他們原本在外面抽著菸，身上卻莫名其妙的著火，奔進廁所想滅火的他們最終卻成了兩具焦屍。

連消防隊員都覺得匪夷所思，因爲這起意外報警得非常早，但他們到現場時卻已經燒得挺厲害了，不過最終搶救及時，只燒掉了該餐廳的廚房一角與廁所，反鎖的廁所門必須破門而入，從頭到尾他們只花了二十分鐘救火，但火滅之後，卻出現焦屍。

那兩具屍體的燒焦程度，是彷彿在熊熊大火中被焚燒數小時的程度。踩在椅子上的余晴潔打開了廚櫃，指著右邊櫃子的角落，「打火機我在這裡撿到的。」

「搬來就在了嗎？」站在下方、倚靠著餐桌的闕擎倒是意外，原來打火機一開始就在這裡啊！

「應該吧，我之前沒注意，是那天要擦拭時看見的！我問過房東，他說那不是他的東西，可能是之前看房子的人留下的。」余晴潔垂下眼神。

「看房子把打火機放在裡面？」闕擎覺得這邏輯也太奇怪。

「房東說有個女孩來這裡看房子，他出去接電話回來後聞到菸味，所以……」余晴潔並不在乎這點，「一切都是那個打火機嗎？」

「妳有拍照嗎？」

余晴潔點點頭，走下椅子，從手機中調出了當天問房東時拍的照片，果然是個精緻的打火機……糟糕的是，連他都覺得這打火機似曾相識。

「因爲我拿了這個打火機，所以那個火焚鬼跟上我，燒死艾如、元寶跟阿竹？」余晴潔悲痛欲絕，但此時的口吻裡藏著怒火。

「跟上妳不一定是因爲打火機，但妳朋友應該就是，使用或接觸到打火機恐怕是挑選被淨化者的方式……妳把這張傳給厲心棠。」闕擎指尖輕敲著桌面，抬首看向外面的陽台上，前住戶依然在這兒飄盪。

余晴潔依言傳送照片，依舊激動，「下一個是卉音或庭喜嗎？」

「不知道，但妳對付不了火焚鬼的，那傢伙是厲鬼等級的。」闕擎沉吟數秒，「妳能把拿到打火機後，直到洪艾如被燒死的事再跟我說一遍嗎？」

余晴潔顫抖著點點頭，將那天的事敘述了一遍，不過也才三天內的事，從歡笑到悲傷，從充滿希望到絕望，人生如此難以掌握啊。

現在唯一的小確幸，居然是昨晚突然出現的「百鬼夜行」Bartender德古拉，如果換作是平常，她應該會雀躍非常吧！他說他就叫德古拉，因爲他在「百鬼夜行」裝扮成吸血鬼，所以一律如此稱呼，類似藝名的感覺，不知道眞名她也沒關係，昨晚他的出現，眞的讓她心安太多。

明明是個陌生人，卻比前男友令人放心，她眞的覺得自己是個顏値腦殘派；他極爲紳士，眞的帶她去吃宵夜，接著來了個叫她臉紅心跳的提議：找旅館。

心儀的美男子直接提開房叫她措手不及，雖然他再三保證只是因爲她今晚需要一個地方休息，但她想著男人不是都這樣說嗎？結果到了旅館，他還眞的沒碰她，只是安撫她恐懼的心情，反而是她一股腦兒的把在前男友那兒受的苦都說了出來，像發洩似的又哭又叫。

後來的事她沒有記憶，只記得自己很累很累，直到清晨鬧鐘響起，她才如驚弓之鳥的彈坐而起！德古拉人已經不在了，只留下字條祝她一切否極泰來，她匆匆衝離旅館時，才看到了昨晚她都沒查看的社群對話……又有朋友被燒死的新聞。

她眞的是僵在旅館門口的，看著死亡名單，幾乎就要崩潰，然後關先生便迎面走來。

接著，他們回到她家，因爲他想知道那個打火機的事。

「妳是帶去幫洪艾如慶生的，然後元寶他們拿去抽菸……最後打火機在他們那裡。」闕擎復盤。

「那晚大家喝太多了，我根本不記得那個打火機在哪裡，說真的也沒在意，對我來說那就是……無主打火機。」余晴潔悲傷的看著闕擎，「我如果知道那個打火機跟鬼有關係的話——」

「那事情就不會發生嗎？世界上早知道的事情太多了，不必多費心神去想這些。」闕擎打斷她的自怨自艾，「妳有看新聞嗎？南原大樓的一樓確定人爲縱火，不一定是火焚鬼做的。」

「那元寶跟阿竹呢？這改變不了事實啊！闕先生，這種事是眞的嗎？人死後化成鬼、惡鬼，就可以這樣任意的傷害人？」余晴潔不滿的吼了出來，「我就只是租了這間屋子、我撿到一個打火機，如此而已！」

「世界上奇妙的事很多，妳不瞭解的事也很多，很難解釋每件事……雖然硬要妳接受很消極，但妳也的確不能怎麼辦！一般都是懷怨的亡者才會進行報復，這個火焚鬼很特別，所以我跟厲心棠在找他到底爲什麼而死。」闕擎平靜的看著她，一字字緩緩的說，「妳不如跟剩下的朋友好好留意周遭，防止自己有機會再遇上火災比較實際。」

余晴潔蹙眉深思，看著闕擎想問些什麼，卻還是把話吞進去。

「阻止有用嗎？」她不平的反問，「不是才叫我接受？」

「已經燒死的當然只能接受，所以要努力阻止未發生的事……」闕擎深吸了一口氣，「我個人覺得順序是因爲妳拿打火機爲洪艾如慶生、再被元寶他們拿去點菸，如果另外兩個女生沒有使用的話——」

「咦？」余晴潔瞬間亮了雙眼，「所以她們可能沒事？」

「不，是火焚鬼或許不會找她們，但妳要注意的不只是鬼吧！」闕擎露出一個失禮的笑容，「每天早上都要同事載妳上下班的僞裝術是爲了什麼？」

喝！余晴潔嚇得踉蹌，闕先生這話是什麼意思？難道是說艾如的縱火案，跟火焚鬼沒關係的話，縱火的是……

「不，爲什麼你、你覺得是？」

「妳身上有很混濁的氣，不只是被跟上而已……」闕擎打量了她的周邊，「有人對妳有強烈的執念吧，可怕到都快變生靈纏著妳了！所以我只是猜測。」

「他」縱火燒了洪艾如嗎？余晴潔震驚到不知道怎麼回應，戰戰兢兢的看向自己刮下的牆，她被鬼纏上已經夠慘了，身上還有「他」的執著？

「呵……」她忍不住哭了起來，「我好像逃哪兒都沒有用啊！不如乾脆待在這裡，就等著那個火焚鬼來找我算了！」

「也是個選擇。」事實上余晴潔就是被跟上了，或許不要去人多的地方還能減少傷害，「我要先走了，我去處理惡靈的火焚鬼，妳也有該面對的人。」

余晴潔打了個寒顫，面對？她逃到這裡來就是爲了逃離他啊，要怎麼面對!?昨晚光是在巷子中被他跟蹤，她就已經毫無還手之力了，如果不是德古拉來的話，說不定——等一下。

他在劉卉音家樓下，也會在庭喜家樓下，是不是也眞的在艾如家守過？

「闕先生！」意識到闕擎即將消失在自己眼前，她趕緊衝向玄關，「你……您一直都看得見嗎？」

闕擎正準備開門，前髮蓋著的雙眸閃過一抹詭異，「少說話。」

「我明白。」她禮貌的頷首，「……謝謝你。」

「不必。」他開門往外走了出去，「快點解決，妳也才能快點回去工作。」

看著那離開的黑色背影，自動關上了門，余晴潔再次環顧著她以爲是全新開始的家，原來有時候一再的逃開，不一定能逃出生天嗎？

她頹然的就著沙發坐下，滑開昨天群組聊天室，顯示著6的群組，現在只剩下三個人……昨晚元寶他們傳的照片她其實不太懂，那就是當天他們拍的照片啊，沒看出什麼不同。

但卉音跟庭喜都顯得不滿，她們看見了什麼呢？

痛苦的掙扎也是枉然，她深吸了一口氣，回撥了其實一直在找她的朋友們，再不情願，也只好去面對了。

昨天晚上，又虛弱又驚嚇又被煙嗆傷的厲心棠還是半夜傳了一堆訊息給闕擎，告訴他，透過那台計程車得知的事，闕擎並沒有回應，他認為厲心棠需要休息，多回應只是拖延她的入睡時間。

但訊息資訊足夠，包括德古拉帶余晴潔下榻的旅館，所以他一早就去堵她了。

計程車是個執念較重的亡靈，昨天雖然連一眼都沒瞧見、雖然感受到殺氣，但也因為如此它能表達出的更多，就不單單只是讓厲心棠共情而已了。

重點：使用過打火機、電氣行、小鬍子老板、縱火。

「對不起！等很久嗎？」厲心棠騎著腳踏車，上氣不接下氣在他面前剎住，「我好不容易才出來的！」

「可以想像。」闕擎一點都不意外，「妳說妳要出來時，我本來覺得不太可能了。」

昨晚才發生那樣的事，「百鬼夜行」裡從一般亡魂到拉彌亞這種等級的妖怪，對厲心棠都是溺愛屬性開到滿，他還怕計程車司機的亡靈已經被滅了咧！

厲心棠精神比平日差，戴著口罩，今天揹了大背包出來，左右兩個插袋都放了保溫瓶，看來昨天有被嚇到。

「你早上說要出來時我直接就跳起來了！」她眉眼都笑得開心，「早知道你不會放著不管！」

「司機說了，用過打火機的人會被燒掉，所以我已經去找過余晴潔了。」闕擎把打火機的事簡述給了厲心棠，「有可能是用這種方式挑被淨化者，或者……」

「或者他就在打火機上！我收到照片了！」厲心棠咬了咬唇，「因爲打火機重新被使用，惡靈才甦醒。」

闕擎滿意的看著她，「不愧是鬼養大的，概念很足。」

「大家很多都這樣啊，附在某個地方沉睡，一個機會就醒來了。」厲心棠噘起嘴，「你知道雪女姐姐醒來之前在哪裡嗎？」

「我還眞不知道，我們這裡是不下雪的吧？所以她是被帶下山的！」沒問到前，闕擎還眞沒想過這個問題。

「她——」厲心棠突然卡住，「不要講好了，我覺得雪女姐姐會在意！」

「好，回歸重點，我也覺得火焚鬼就在打火機裡，燒死公寓那一家、或是昨晚的那家人、甚至計程車司機時，可能都是人類之身。」闕擎仔細分析，「但是妳看到的計程車司機是被害的，我查到那件新聞，沒有目擊者，他被判定自殺——」

「才不是！汽油味多可怕！而且他是被活活燒死的！」厲心棠激動的喊，與亡靈同步後的她，自然也感受過那種痛，「這怎麼查的？那個小鬍子老闆，他後座的東西大有問題！」

「對，我們也要去找電器行。」闕擎輕輕按住她的肩，「冷靜點，我知道妳昨天被困在裡面很可怕，但那不是妳的遭遇。」

「差點就變我的了！」她吹鬍子瞪眼的，「要不是你來的話——」

德古拉也會啊！闕擎挑了挑眉，應該吧？

「余晴潔的兩個朋友昨晚也被燒死了，打火機應該在警局吧！」他提出兵分兩路，「我去找打火機，妳去找電器行！」

厲心棠一臉震驚的模樣，還帶了點可憐兮兮，「不能一起嗎？」

「浪費時間啊！妳知道時間很趕嗎？」闕擎嘆了口氣，下意識往天空瞥了眼，「好，找電器行吧，只有妳知道電器行在哪裡，至於打火機——」

他沉吟著，緩緩回身看著後頭的人行道，某些人一直都在。

「妳吃早餐了嗎？我猜是還沒，光是能出來就拼盡全力了。」闕擎指向前方，「進去買早餐，妳不吃飽我們不能出發。」

「嗄？」厲心棠抗議出聲，「我晚上要上班耶！大哥！」

「我要立刻打道回府喔！」

「哎呀！」她沒好氣的唸著，「爲什麼全世界都可以對我情緒勒索啊！」

闕擎失聲笑了出來，這人在福中不知福的傢伙，「因爲妳昨天受傷、虛脫，大家是眞的擔心妳才會不想讓妳出來，這種是關心……他們只看見虛弱的妳，不會在意妳要做的事。」

像他啊，想要被情緒勒索都不可能吧！

「我知道啦！」她怎麼會不瞭解！「我也怕好嗎！所以你難得主動陪我，我當然要把握啊！」

「別推到我這裡來，等等我又要扛妳的安危。」他推了她一把，「快去吃！」

「你呢？」

闕擎淡漠一笑，「我有事。」

喔喔。厲心棠當下心領神會，闕擎有事要辦，但她不能在場，她好歹俊傑一位，識時務的趕緊往便利商店去，就在裡面把早餐吃好！不讓任何家人擔心，是她首先要做的事。

而且，難得闕擎今天挺溫柔的呢！

確定厲心棠進入便利商店後，闕擎立即轉身回頭，一路在人行道上疾走，直到某棟大樓一樓，這裡是銀行附設的自動提款機區塊，一個小房間，裡面有四台機器，還有兩個人正在提款。

「我需要昨天酒吧火災的打火機。」他不客氣的直接站在那兩個男人中間，「順便幫我看一下那個打火機以前有沒有在別的命案中出現過吧。」

左右兩個男人詫異的朝他看過來，一副你在供三小的臉。

「跟著我也辛苦了，做點事吧。」他敲敲提款機，「連卡都沒插，要演也演像一點。」

旋身才要走，其中一名粗壯男人即刻攫住他的手臂。

那力道絕對稱不上客氣，緊緊抓住，指腹嵌入他的手臂，這不像只是要拉住他而已，還想把他拖去哪裡似的。

「想逮捕我嗎？拿什麼理由跟罪證？我們都知道你們就只能跟著我而已，偷拍、監視、發給警局我的資料，除此之外什麼也不能做。」闕擎冷冷的望著男人，「這幾天的失火都不尋常，如果有身爲執法人員的自覺，就幫我省點時間。」

「你在調查？這些人跟你有什麼關係？」男人低語，「還是因爲那個女孩？」跟了好幾個月，他們自然知道闕擎與厲心棠的關係，幾乎是闕擎近年來唯一親近的人。

「你能談戀愛嗎？」另一個男人的語氣帶著點嘲諷。

「這件事必須速戰速決，完全拖不得！」闕擎抽了抽自己的手臂，可以放開了吧？

粗壯男子不情願的鬆手，闕擎若無其事的步出，仍舊用詭異的眼神看著他。

「闕擎！」男子大聲喚住了他，「你晚上能睡得著嗎？」

闕擎回首看向他，露出嘲諷般的神情，扔出冷笑一記，沒有多語的離開。

另一個男子眉頭深鎖，低首看著自己的右手，竟微微發顫。

「他居然知道我們在跟著他……」

「他本來就是很可怕的人。」冷汗這時才從他頰畔滑下，「走吧，去找他要的資料。」

「依著他嗎？」夥伴遲疑的跟上，「我以爲我們應該就只是監視而已。」

「已經死了這麼多人了，如果他知道火災的案情，就幫他！」粗壯男嚴肅的嘆口氣，「別忘了跟監他是任務，但我們還是執法人員。」

兩個男人離開了自動提款機區塊，出門後匆匆左轉，而剛剛右轉的闕擎已經來到厲心棠所在的便利商店，她正在吃著三明治，闕擎則抓著一杯冰咖啡坐到她身邊，但始終心浮氣躁。

「你好怪。」厲心棠斜眼打量著他，「突然這麼積極？」

「不好嗎？」闕擎笑著，「平常不理妳說我冷血，現在積極了沒點讚美？」

「你每次都是爲了可以把鬼引來我們店裡才幫我的啊！這次一開始也有交換，但今天突然這麼熱心，太奇怪了！」厲心棠托著腮，再大口咬了三明治，「又不能說你黃鼠狼給雞拜年……」

「不要濫用成語！妳可以這樣想，火焚鬼那個惡靈太厲了，他如果因爲打火機而醒來，隨便一出手就燒死幾十個，再下去是不是要燒死一堆人！」

「我昨天問拉彌亞了，爲什麼地獄不會派人過來處理他呢？讓一個亡靈這樣到處囂張？」厲心棠咬了咬唇，「拉彌亞說此前他可能都沒動作，所以我昨晚才想到他被封在打火機裡的事……那打火機是怎麼到余晴潔的櫃子裡的？」

「可能有人移動，也可能是火焚鬼自己希望被發現。」闕擎其實不太想去猜這件事，「我現在不懂的是……他應該是被燒死的，恐懼或是痛恨火，結果他反而變成喜歡火。」

「他如果是縱火者，本來就對火著迷啊！或許在某次的縱火中不小心把自己燒了！」厲心棠天馬行空的猜，「變調的賣火柴小女孩，可能燃著火柴時引火自焚！」

闕擎眼眸低垂，「我還眞不相信眞的有縱火狂這種病，究竟是偏愛火？還是偏愛火吞噬人的性命？」

愛看火，點根蠟燭看好看滿就好，爲什麼非得要毀人建築，奪人性命？

「可是啊，還有一件事不正常。」厲心棠大口灌著豆漿，「假設五年前他燒死余晴潔的前住戶，接著因爲某件事自己也葬生火窟，然後咻地他就變惡靈了？」

他再怪，再偏執，也只能從普通亡靈開始啊，到底是怎麼能跳級，一晚成惡靈的？

「或許他死後就已經殺過人了，只是我們不知道，因爲某種原因被封在打火機裡呢？」闕擎推測著，「不過如果被封印，只是因爲使用打火機就能解開封印，封印的人也太鳥了。」

「我知道有些人因爲偏執與懷怨死後易成爲厲鬼，但是那個火焚鬼已經超出一般厲鬼的程度了！一念成魔只是個形容詞，眞的要這樣很難……叔叔說沒有血統是難以辦到的。」

這種人體內要嘛需要有魔的血，或是靈魂本質屬於魔族，不然哪有一念成魔的事？

人們形容的「魔」不過是做法殘忍無道，但跟眞正的惡魔比起來差遠了。惡魔的殘忍，跟人類所能想到的等級差太多。

闕擎望著陰霾的天色，一口氣把冰咖啡喝盡，這些問題其實只要等火焚鬼的眞實身分出來便知道了。

「妳吃飽了嗎？」他很不想催她，但是現在的他是在跟時間賽跑啊！

「好了！」厲心棠一邊說，一邊把剩下的三明治全塞進嘴裡，囫圇吞棗的再灌豆漿。

「吃這麼快幹嘛！我有催妳嗎？」闕擎這叫睜著眼睛說瞎話，人都已經離開位子了。

厲心棠趕緊抓過垃圾跟在他身後，今天的闕擎不但熱心，還超～極積極，趕時間似的！瞧他難得這麼認眞，她都不太敢多話，畢竟這個火焚鬼如果是惡靈又持續殺生，就不是能輕易解決的了。

過往她只是想幫迷途的亡者們找到回家的路、或是讓他們憶起生前的事、怎麼死的，但「驅魔」這件事她不會，也不可能會啊！她是在鬼怪堆長大的孩子，驅誰啊！

「我希望一切只是誤會，希望火焚鬼想起自己是誰後，就會停止拿火去燒他人。」厲心棠對於最壞的情況不知如何解決，「可是如果他……持續的話……」

「那就是等他殺戮夠重時，自有天收。」闕擎採取消極的方法，「或是一些眞正有靈力的人會想辦法壓制封印他。」

「你覺得我能不能請水鬼們幫忙？」厲心棠這幾天一直在想，讓水鬼們以水滅火？

「別鬧，火也能把水煮滾的！在不知道誰強誰弱下，不要貿然嘗試。」闕擎立即阻止，「那個火焚鬼從頭到尾就只有燒，他很明顯的沉浸在焚燒人的快樂之中。」

「啊就變態啊！」厲心棠直接做了結論，誰會喜歡燒人啊！「還打著淨化的名義，根本騙人！」

「那些人生前的事我們都不清楚，說不定他們眞的做過什麼事需要償罪，火焚鬼活著時燒死他們是復仇？」闕擎聳聳肩，誰知道呢？

「才不是！」厲心棠即刻辯駁，「至少燒死司機大哥的人，是因爲司機大哥目擊了縱火！那個人眞切的說你看到了對吧！」

闕擎登時止步，嚴肅的看著她，「這個妳昨天沒說。」

「打字很累耶！」她咕噥著，誰叫闕擎又不用智慧型手機，「那個司機大哥曾經目睹一起縱火案，但他沒有報警，因爲也看不清楚是誰，但我猜那個縱火犯看見他了，所以才誘捕他，殺人滅口！」

闕擎最不希望是這種，控制欲極強的犯罪者，又對火有痴迷。

「反正我們去找電器行，我已經查到了！」厲心棠跨上腳踏車，說得驕傲。

「妳已經查到了？就昨晚跟亡者共情就能知道是哪間？」闕擎眞的要刮目相看了。

「那間電器行出現在章警官給我們看的資料裡，那些走火的電器，都出自那間電器行，電線上還有貼紙呢！所以我一早就打去問他了！」厲心棠雙目銳利，

「世界上沒這麼多巧合對吧？」

在電器裡動手腳嗎？闕擎驚訝極了，這不是不可能，只要使用老舊的電線、有問題的零件，懂電的人一定比不懂的人還要厲害！

問題如果是眞的，這種做法太驚人了，這等於是無差別殺人啊！

他們賣有問題的電器出去，看哪一間會失火、哪一間會死人嗎？這是家家戶戶賭人品了吧！

跟著厲心棠在大街小巷中馳騁，他很快的發現他們經過了昨天的私人土地，那兒離余晴潔的公寓並不遠，幾乎在同一個範圍內，所以電器行勢必在這附近，因爲地緣關係，人們會找附近熟識的商家！

這是一整排低矮的鐵皮屋，有賣早餐的、也有賣文具的，一整排鐵皮屋大概有二十幾間店面，附近有學校，所以生意都挺好的，唯有一間，鏽蝕的鐵門斑駁，外頭的招牌搖搖欲墜，僅有骨架尙存，腳踏車按地址停了下來，鐵門正面的上方還殘留當年的塑膠招牌，寫著：來運電器行。

「就這裡了吧！看，從這裡都能看見燻黑痕跡。」厲心棠站在鐵門前往上頭指，天花板全是火焚後的痕跡，「跟我昨天看到的很類似，司機大哥停在旁邊這裡。」

「電器行也燒掉了？」闕擎覺得莞爾，「不會是被自己製作的東西燒掉了吧？」

隔壁是賣包子的大叔，他探頭朝他們看了看，披在肩上的毛巾往臉上一抹，「找誰啊？那間沒人喔！」

「這之前是電器行吧，怎麼現在沒開了，感覺好像失火喔？」厲心棠搭訕一流，闕擎永遠交給她，術業有專攻嘛。

「那個沒開很久了啊！妳要做什麼？買東西可以往前面去，那邊有間連鎖的店，學生都會算比較便宜！」大叔熱情的指著遙遠的彼方。

「我是想找老闆啦，很久以前他幫我修過東西，留著小鬍子……個頭不高又瘦瘦的！」

說得好像親眼見過似的……嗯，這大概是她昨晚從司機亡靈眼中瞧見的吧。

「啊？對啦！妳說來運喔，他搬家了！之前這邊失火都燒掉後，他就回家了。」大叔走了過來，「妳是多久前給他修的啦？」

「很久了！真的失火喔，這麼可怕，他沒事吧？」厲心棠壓下內心的激動，那個老闆活著！

「剛好店裡沒人，那時就半夜，但我們附近這幾間都遭殃，幸好沒人受傷！」

大叔提起那場火災還有點後怕，「聽說是悶燒啦，一堆電線亂七八糟的，一有濃煙附近的狗就叫，所以消防隊來得很快！」

「電線走火嗎？沒想到電器行也會這樣。」闕擎難得接口，「以爲懂的人會更仔細！」

「老闆喔……我是覺得還好，他是個好人，但就太好，什麼人都收！」大叔搖搖頭，「我覺得他那個員工有問題，很多電器都是他修的啊，問題很多耶，警察都馬來好幾次，說好幾個火災都是除濕機或什麼電扇走火！」

就是這個！厲心棠雙眼晶亮。

「找他們做什麼？電線走火有時候是插座使用不當，有的說不定是原廠！」

「插座他們也賣的啊，這種事很難講啦，警察就說每一個火災現場失火的電器都是這裡賣出去的，很多起沒有燒得太嚴重的都是他們家的貼紙，也有很多人跑來退貨！」大叔指了指自己店裡，「那時我跟他們買了幾支電風扇，我是因爲鄰居不好意思說，很多人都說他偷偷把零件換掉了！」

「爲什麼會這樣說？你們拆開來看？」

「會啊！就很多人燒掉後跑來講，就有人自己打開來看，說電線都被換過，都不是新的！」大叔擺擺手，「我覺得那個員工一定有問題啦！就老闆一直說他是好人……」

「你還記得那個員工叫什麼嗎？」厲心棠緊張的追問。

大叔看著她，張口欲言又止，「啊不記得了，妳管他叫什麼！妳不是來找老闆的嗎？」

後面伴隨著打量跟狐疑，這兩個大學生模樣的人有點奇怪，都長得不錯，但男生很陰沉，女生感覺像是在查什麼似的……

「老闆，好香啊，給我來兩個包子吧！」闕擎突然一步上前，開口要買包子了。

厲心棠莫名其妙，跟著想上前，才剛吃完早餐她不餓——往前走的闕擎右手向後，抵住她的身體，示意她不要過來。

她立即不再妄動，闕擎居然想私下去打探嗎？

第九章 舊人

厲心棠乖乖的站在燒毀的電器行店門口，這裡沒有什麼不舒服的感覺，就算有鬼也不是什麼駭人的吧？

那位司機大哥榮登把她嚇得最慘的鬼第一名！開著一輛鬼計程車也出來載客，還能火場重現，甚至能眞的把她嗆暈在裡面，要不是闕擎趕到，她是不是眞的跟車子一樣燒死在裡頭？

可以這樣嗎？大哥活活燒死的過程太可怕，皮膚燒焦、身體炸破，還很凶惡的朝著她拼命嘶吼，她幾乎可以確定司機大哥是刻意找機會載她的！

讓她感受到他的痛他的恨他的不甘，還有他困在車裡的苦……困在車子裡？

「兩個肉包，謝謝！」大叔遞過袋子時，闕擎驀地握住大叔的手，「嗯？」

「那個員工叫什麼名字？」闕擎看著大叔，輕聲的問著。

大叔僵硬的身子開始微顫，他驚恐的皺起眉，淚水開始從眼角滑下，「不……我……我……」

「叫什麼名字。」

「李成發……阿發！」大叔雙腳彎曲不停打顫，眼看著就要跪下了。

剎！闕擎一抽手，錢已經擱在大叔掌心裡了，「謝謝，」

俊俏的男孩微笑，拎著肉包轉身離開。

大叔隻手撐著攤子，雙膝曲起，一時間茫然的看著眼前的景物，全身被冷汗浸濕，他剛剛好像做了一個可怕的惡夢，惡夢裡他生不如死，幾乎就要跪下來求對方殺了他。

但對方問了他一個問題，彷彿只要回答，就能得到解脫……

嗯？問了什麼？他剛剛到底在做什麼呢？

闕擎走近厲心棠，單單眼神示意，她就飛快的跳上腳踏車，兩個人火速的騎著離開電器行。

「闕擎！那些人不是死後待在原地，是被困住的！」逮到機會，並排騎乘的厲心棠趕緊就說，「昨天的司機大哥被困在車裡出不去，所以繼續開著幽靈計程車在路上晃，私人土地上那戶人家，即使樓拆了也走不了，還有余晴潔家的前房客……是火焚鬼不讓他們走。」

好可怕，生前遭火焚而死，死後還要一而再再而三的重複被燒死，永遠脫離不了那樣的輪迴，要說是淨化，這已經淨化到快變鑽石了吧！

「我知道，昨天那個司機大哥吶喊時我就明白了！火焚鬼昨晚回到私人土地那邊，說不定也是要再去折磨那些人的靈魂。」他在斑馬線上停下，「我得到那個員工的名字了，可以去查一下。」

「章警官！」厲心棠立即反應，「這裡是他轄區呢！」

「妳去找他，我等等再去找妳。」闕擎不讓她多話，突然右轉離開，「妳小心一點！」

厲心棠卡在原地愣住，闕擎幹嘛這麼神祕兮兮的，他要去哪裡？竟然說走就走？

綠燈亮起，她騎車飛快的往警局前去，才停好車，她卻赫見熟悉的身影從警局裡走出來。

「不必送啦，我們只是順路。」那是一票四位年輕人，跟章警官熟絡得很。

「您小心點！」二男二女，朝章警官揮手再揮手，大家一起步下階梯。

厲心棠僵在腳踏車上，她遇見了很想遇見、卻不能對話的人。

「去我們家吧！至少比較安全！」一個精壯的男人說著，「還是你們要待在家裡？」

「待在一起好了，不然怪可怕的！」長直髮的女生看上去文靜但聰慧，正從她面前經過。

「哎呀，不然你要不要再去唱歌？回味一下當年的事！」後頭有著五彩頭髮的女子蹦蹦跳跳，「舊景重現！」

「才不要！」斯文的男子顯得有點生氣，氣急敗壞的衝過她車前。

厲心棠不敢動，她甚至不知道該不該抬頭，萬一對上眼怎麼辦？

精壯的男人無奈搖頭，拉過捲髮女孩低喃著，幹嘛故意刺激人家，這是他慘痛的回憶啊！

「妳又不是不知道當年死了多少人！他在裡面九死一生，等等去道歉。」

「那不是誰的錯啊！」捲髮女人聳著肩，眼神卻突然朝左看過來。

看向車頭對著她的腳踏車，有個女孩正坐在上頭，低頭看著自己互絞的雙手。

空氣突然靜默，厲心棠悄悄的偷看，一抬眼就對上了距離她兩公尺的女子，她看上去比印象中成熟了些，是啊，畢竟已經是上班族了。

「嘿！」女子突然明顯朝她嚷了聲，手直接比上天，「要注意往上看喔！」

咦？厲心棠緊張的屏住呼吸，悄悄的往天空看，啥都沒有啊……

「抱歉！抱歉！」她身邊的男人趕緊陪著笑，「妳別嚇人！」

「我說實話啊！欸！要不要通知學長姐啊？」

「學長姐不必我們通知吧！」

厲心棠看著熟悉的身影遠去，她果然……不記得她了啊！

不過，她心臟跳得飛快，緊窒感跟著湧現，不安的抬頭看著灰色的天空，那個女子如果覺得有什麼地方不對勁，只怕就眞的有事要發生了！

右轉的闕擎沒騎多遠，便找處騎樓停下，反正跟蹤他的人橫豎都能找到他。不出兩分鐘，兩台機車便停了下來。

「這個嗎？」粗壯的男人才下車，就將手機照片遞前，口吻相當緊張。「對，這東西很難一模一樣吧！」那只打火機相當特別，特別到連歷經火災都毫無損傷。

另一個高瘦的男人臉色也很差，看著闕擎，再看向夥伴，「那個是別件案子的證物照。」

闕擎幾分錯愕，「一模一樣的火場證據啊！」

「是同一個就糟了！」粗壯男人深吸了一口氣，摸著頭來回踱步，「這事情不小你知道嗎？姓闕的，別件火場的證物怎麼會不見，跑到另一個現場呢？」

哦……懂了！闕擎明白這兩個傢伙臉色爲什麼這麼差了，原來這只打火機本該是另一件案子的證物，而且應該好好的躺在證物袋或什麼地方，結果昨晚卻出現在酒吧焦屍案裡。

「我又不是保管證物的人。」闕擎抓過男人的手，再看了一次打火機，「所以現在這個打火機在哪裡？」

「當然在證物室裡，在昨晚其中一個死者的口袋裡。」瘦高男人緊皺起眉，「你要查這只打火機是爲什麼？你知道證物失竊的事嗎？」

「不知道，但我知道這打火機有問題就是了……上一起是什麼案件？」闕擎追問。

「上一起是……有四年了，不是什麼大案子，是一起自焚案，打火機就在自焚的屍體旁，但至今仍是無名屍，無人認領。」高瘦男子眉頭深鎖，「但就算只是普通案子，證物也不該……」

「先不要想這麼多，你們也沒確定是同一個打火機吧？先去查看自焚案的證物再確定！」闕擎心中暗忖，四年……是五年前的火災年之後發生的事嗎？

「誰會去查這件事！說不定本來沒人知道證物不見，這一查不是反而掀出事端？」粗壯男人低沉的說著，「我也希望不是同一個，但扯上火災、自焚、焦屍，尤其是你——」

「跟我無關，我只是個幫忙的人，我家沒失火、我也沒事。」闕擎頷了首，「謝了。」

廢話不多說，他跨上腳踏車就要離去，但粗壯男人再度衝上前抓住了他。

「喂，就這樣？你沒有事情要交代？至少得是公平交換吧？」

闞擎反握住攫住他的那隻手，鎖住粗壯的男人的雙眼，「我正努力把傷害減到最低，盡量少死幾個人，這就是交換。」

「你知道我要聽的不是這個。」男人掐得更緊，他比這小子強壯多了。

「我從來就沒什麼好說的。」闞擎微微一笑，手突然從男人的手臂移到他的後頭，將男人朝面前扣來！

「喂！」瘦高男子緊張的衝來，「做什麼啊你！」

闞擎瞬間鬆手，高舉雙手做投降狀，「我哪敢做什麼！謝了。」

他跨上腳踏車，龍頭一轉就走了！

瘦高男嘖了幾聲，來到夥伴旁邊，「這小子到底是怎樣？居然對你動手！」

身邊的男人毫無反應，只是遠望著。

「喂！」男子覺得奇怪，又推了他一把，「你沒事吧？別告訴我你被那小子嚇到了？」

「啊？」粗壯男突然抽口氣，迷惘般的看著夥伴，「沒……沒事！」

「怪怪的你！走吧，那小子又走了，只能跟著。」他邊說，趕緊跑去騎車，「好不容易考進來，居然叫我跟蹤一個混小子……」

轉頭看著粗壯夥伴戴好安全帽，手放在龍頭上卻若有所思，然後一催油門，直直的從他面前駛離了！

「喂——喂！他剛剛回頭了！喂！」這廂莫名其妙，趕緊追上前去，「你走錯路了！」

今天的小女孩有點心不在焉，章警官看在眼裡，但沒有多問，女孩總是有許多心事，尤其這個女孩一點都沒比之前遇到的女孩們簡單。

他知道「百鬼夜行」，絕對不是個簡單的地方，基本上是法外治權區，他們鮮少會去干預，而且自從「百鬼夜行」開店之後，那龍蛇渾雜的寧靜街治安瞬間變好，警方更是不必操煩，儼然是個自治區，有事情寧靜街裡自然會解決。

剛送走燙手山芋二號，他心目中的芋頭三號厲心棠就出現在警局，笑容越燦爛他心裡越毛，他有生之年是不是跟這些怪異案件脫不了勾了？

果不其然，是爲了這兩天連續的火災事件，令他不安的是，女孩把重點放在五年前的火災事件。

每年總有多起零星大小的火災，人爲縱火者少，多半都是電線走火，尤其在睡夢中、逃生路線受阻、慌亂中選錯逃生方法，許多性命均爲此枉送，前天的南原大火更是一口氣奪走了七十四條人命，女孩明白表示背後有什麼在作祟，她希望能阻止大火再奪走人命。

看著女孩的熱切，他數度欲言又止，但最終還是沒多語。

闕擎到了警局門口，向值班員警打聲招呼，就朝裡頭望。

「啊！闕擎來了。」厲心棠趕忙起身，「章警官，謝謝你！又麻煩你了！」

「如果妳可以不要一直麻煩我的話，我可能會更感動。」章警官由衷說著。

「哎唷！有的事要厲害的人才有辦法嘛！」厲心棠撒嬌般的說著，「一般小事哪會來請教你！」

叔叔在警界養的人也不少，但是職位高的很難辦，不如找章警官最快。

闕擎見到章警官禮貌的頷首，章警官一路送他們出去。

「你們——」他想說些什麼，但還是逼自己吞下，「騎車小心一點，最近不要去公共場合啊！」

「啊？公共場合喔……每天都在公共場合晃耶！」厲心棠乾笑起來，「我家開夜店的耶！」

妳家不會有事好嗎！章警官在心裡唸著。

「再見，謝謝。」闕擎該有的禮貌都會守，轉身跟著厲心棠步下階梯，「有什麼嗎？」

「有！超有！電器行的事當年就記錄在案了，所以我之前才會看到那間電器行的名字！而且李成發的名字也在裡面！」厲心棠雙眼亮晶晶的，「那年有些小火災記互在案，沒燒毀的機器循線就找到來運電器行，當年老闆就說電器都是李成發處理的，但他們都是進新貨，不可能換電線，這種事沒有證據，警方沒辦法抓，最多只有連帶責任。」

「聽起來沒什麼用，因爲也可以說是使用不當，使用不合格的延長線，或是上面插好插滿，延長再延長。」

「對，很多事不了了之，就是那幾起大火案後，起火點都跟電器有關，警方有詢問家屬還有購買記錄，就又是同一間電器行啊，不過燒掉的東西很難講，死者家屬後來都轉向廠商求償。」厲心棠幾聲嘆息，「最後也沒結果啦，就像你說的，有時說不定是使用不當。」

「那李成發呢？警方有問過？知道他在哪裡？」

「他跑了！幾乎就是在余晴潔住的公寓大火後人就跑了，電器行老闆說他好幾天沒去上班，後來警方都找不到人。」厲心棠有些不滿，「假設都是他幹的前提下，他不但縱火，還在電器裡動手腳，誰家失火誰倒楣嗎？」

「應該是這樣，失火的點都在這一帶對吧？」闕擎計算著公寓案發生的時間，跟自焚案的無名屍，相差只有一個月。

失蹤的李成發，無名的自焚焦屍，會是同一人嗎？

愛火愛到以身嘗試，這是眞愛了吧！

厲心棠偷瞄著沉思的闕擎，帶神祕感的男孩在思考時更顯特別，她很想問剛剛他去哪裡，但是總覺得問了也得不到答案，他應該也不會太開心。

「唉，如果能接觸到那個女兒的亡魂就好了！」她覺得這是關鍵，「說不定她有看見縱火者！」

「誰？」闕擎被她的聲音拉回。

「舊公寓那一家四口裡的大女兒啊，應該有點智能不足，在失火時她就已經在客廳了，我猜她說不定有機會看到凶手！」那是僞裝成電器起火的火災，明顯是有人進入對清淨機下手，再燒上窗簾。

闕擎圓睜雙眼，「一家四口！余晴潔住的那間屋子裡，只有三個亡靈。」他跟著掰起手指，「父母親與一個嬰兒。」

「隔壁房間還有一個十幾歲的女孩！」厲心棠即刻搖頭，「在媽媽發現失火前，她就在客廳裡手舞足蹈了！」

還有一個！還活著的人？

兩個人只有對視一眼，活人的記憶比死靈有用啊！

「我打電話給余晴潔！」厲心棠即刻拿起手機，一通電話撥給了余晴潔。

「讓她問房東，房東應該會知道！」

雖然警局就在眼前，但公寓恰巧不是章警官轄區，再者那個女孩未成年，記載上鐵定特別保密。

電話那頭非常熱鬧，熱鬧到厲心棠有點詫異，她以爲余晴潔現在正在家裡難受，她不是說不想牽連別人，要自己一個人待在家裡靜靜嗎？

「我們決定狂歡開趴了！既然人生苦短何必浪費？」余晴潔喊著，後頭的劉卉音嚷著要多找幾個人，「妳等我一下，我立刻問房東……之前房客的女兒嗎？」

「對！看知不知道她現在在哪裡？」厲心棠掛上電話，幾分無言，「她找剩下的朋友要開趴耶。」

闕擎平靜無波，「噢，這也是個方式。」

厲心棠不由得皺起眉，「要是火焚鬼去找她……」

「我不覺得火焚鬼會這麼快燒死她。」闕擎微笑著。

余晴潔那頭等待房東的回覆！只是當手機亮起訊息後她卻是驚愕非常，抓了手機往外面跑去。

幾秒後，響起的電話卻是闕擎的。

嗯？闕擎很不情願的從身上的小斜包裡，拿出鮮少響起的古老手機，上面是陌生號碼。厲心棠瞥了眼相當驚訝，跟他認識以來，沒聽過他手機響耶！

「喂。」闕擎還是接了，難得。

『喂！闕先生！』電話那頭的女孩激動喊著，厲心棠倏地轉過來，不可思議的看著手機，是余晴潔的聲音！

她爲什麼打給你？厲心棠瞠目結舌，在等電話的是她耶，而且余晴潔爲什麼有闕擎的手機？

「是。」闕擎一秒皺眉，她打給他幹嘛？

『闕先生，是舞蹈家，8863的舞蹈家！』

咦！闕擎登時如五雷轟頂，那本就不大的眼睛都瞠到最大了！

連結尾語都沒說，他蓋上手機，跳上腳踏車大喊著快走，直接飆了出去。

「喂！說……」厲心棠不敢遲疑，跟著跳上去狂奔直追。

話要說清楚啊！惜字如金不是用在這個時候好嗎！

闕擎彷彿腎上腺素爆發，把腳踏車當機車騎得高速，厲心棠在後頭追得氣喘吁吁，只能靠眼力追索著遠方渺小的車影，還發現她經過了寧靜街前的大路口，然後一路往前，在某條街左轉向上……然後就變上坡了！要死了，她哪騎得動！

終於抵達目的地時，厲心棠覺得心臟都要炸開了，癱軟的從一條鋪滿落葉的小路進去，穿過低矮的茂密樹林後，便是豁然開朗的另一方天地。

十一點鐘方向有道鐵門，兩邊立柱加上中間鏽蝕的鐵門，柱子上寫著「平靜精神療養院」。

她牽著車從旁邊的小門走進，立刻就能看見好幾棟建築，最近的是一進門左手邊的七樓建築，九階的階梯上站著一個白衣護理師。

「請在這裡稍候。」她微笑的看著厲心棠，「您可以在附近晃晃，我們一樓的花園都做得很漂亮喔。」

「呃，我剛剛是跟……」她看著階梯間倒下的腳踏車，那是闕擎，「他怎麼了？」

「闕先生是訪客，他進去找人，請我在這裡跟妳說。」護理師禮貌的指向她的斜前方，「那邊有桌子，可以稍事休息喔，闕先生還要我轉告您多喝水。」

「我不能進去嗎？」厲心棠連忙找證件，「我有證件，我可以登記——」

護理師站在階梯上，高高在上的看著她，溫柔但堅定的搖了搖頭，這裡不是觀光地，隨便繳個證件就能進去參觀。

但她也不能硬闖，只能把車停好，順著護理師的指引，朝前走去，灌木叢中都有石板小路，她朝裡頭望了望，可以聽得見歌聲。

順著石板路走進去，越走越有種心曠神怡的感覺，這裡很舒服啦，都市裡的小山，涼風徐徐，空氣中有著天籟歌聲，再往前走真的看見圓形石桌，還有男女老少在裡頭或乘涼、或喝茶，還有人正在翻土種植，有人隻身坐在地上傻笑。

唱歌的是個爬到立體格子鐵架最高處站著的女人，是阿姨輩的，她踩在鏤空的架子上，看得令人膽戰心驚。

但四周都有許多護理人員，有人瞧見她走來，趕忙比了一個噓，希望她不要打擾到現場。

厲心棠趕緊點頭，默默的就著一旁的石桌坐了下來……如此祥和平靜的景況，她的汗毛卻直豎，一種寒意上身。

這裡不太對勁……一旁的樹叢裡有嘻笑聲，她悄悄抬頭，卻看見熟悉的影子在樹林裡穿梭嘻鬧！那是精靈！她瞠目的看著他們拿花草樹木當跳板，在花叢裡遊戲，那些只有在她家外頭的池子裡才會看見，而且還很罕見耶！

叔叔跟雅姐說過，精靈只在純淨之物附近出現，不輕易現身的！

她盯著那些精靈瞧，他們跳過一朵又一朵的花，然後從某棵樹上咻地落上了兩點鐘方向、正在下棋的一個男人頭上！

男人看上去相當可怕，滿臉凶惡嚴肅，仰頭看著高歌的阿姨，精靈們卻坐在他頭上肩上，一起聆聽。

「嗨！」遠遠的，有個白淨的男人朝她招手，像小綿羊似的清純。

護理師連忙將他扳正身子，讓他繼續玩。此時厲心棠顫了一下身子，因爲右手上的蕾絲戒指有點發燙，這是叔叔給她的戒指，精細如蕾絲小皇冠，但卻是純銀的戒指，危急時可防身……正確用法她不懂，但戒指懂就好。

下意識摸了一下手，怎麼發熱了？再抬頭時，她卻嚇得怔住，那個綿羊般的男人身上，卻有著一個猙獰的惡魔正在狂笑，而此時那男孩手上正拿著一個洋娃娃，然後將娃娃撕扯分屍。

她知道哪些是人哪些不是，但這是什麼奇景啊？純淨的精靈與邪惡的惡魔可以共存在一地？

戒指持續發熱，厲心棠不敢妄動，她本不是輕易能看見魍魎鬼魅的人，就如同一般人，要在這些亡靈或厲鬼強大時才能看見；現在這祥和的氛圍、又在「百鬼夜行」之外，勢必是叔叔給她的戒指造成的影響。

七樓的窗子邊，可以輕易的看見那杏色身影坐在石桌邊，闞擎瞥了一眼確定厲心棠安全後，手裡已經捏著一份卷宗夾了。

焦急的翻閱著，病歷裡本有一張還算素淨的照片，但後面夾著的照片卻是另一種景象：瘋狂、哭泣、歇斯底里的女孩拼命的遮著臉，仰天長嘯，全身都是燒傷。

他就覺得那個聲音面熟、那張臉似曾相識，果然是那個人！

樓下迴盪著的美聲一曲唱畢，響起了掌聲。

「好棒喔！好好聽！」大家開心的猛鼓掌，連在蒔花弄草的人都滿手泥土的拍手叫好。

站在上頭的阿姨驕傲的抬著頭，然後優美敬禮，掌聲不斷後，阿姨重新抬頭挺胸，開口唱了下一曲；而此時，左邊樹叢沙沙作響，跟著從裡頭一路跳出了一個女孩！

咦……咦咦咦！厲心棠差點就要跳起來了，屁股才離開石椅，就怕打草驚蛇的硬用掌根貼緊石桌，緩緩坐下。

女孩穿著芭蕾舞衣，卻跳著亂七八糟，根本不是芭蕾舞的舞蹈，跟著阿姨的歌曲翩然起舞，一眾人看得也是如痴如醉，跳舞的女孩更是陶醉其中，厲心棠專注的看著那個女生——就是她！

她那天是與母親的亡靈共情，看得清清楚楚，就是那個女孩，叫小雨！只是在她轉圈時，厲心棠可以看見與之前不同的地方，她的身上穿著燒燙傷的壓力衣，臉龐也有著燒傷的痕跡。

電動機車無聲無息的駛進，站在階梯的護理師略微吃驚，「小潔？妳不是請假？」

「護士長！我有緊急的事情所以過來了……闕先生在嗎？」她停好車子，這些碎語聲引起了厲心棠的注意。

她回頭瞧見了階梯上的護理師往下走，像在與人說話，就急著想要離開，才準備往前瞄一眼，盡量不想驚動……一回頭，一張臉倏而在自己面前，嚇得她差點大叫！

是那個白淨的男人，他手上抓著娃娃的頭，用天使般的笑容看著她。

「嗨。」他用氣音說著，「沒看過妳呢！」

厲心棠心臟都要停了，多虧咬著自己手指頭才沒大叫出聲。

護理師連忙過來，輕聲喚著男人，「禮貌喔，鴻緯。」

「她們很吵。」男子瞇起眼笑著，嘴型對著厲心棠，「有一天我會把她們都殺掉的。」

厲心棠尷尬的擠出笑容，男子把娃娃的頭遞給她，她慌亂的看向男子身後的護理師，她示意她收下。

「謝謝。」厲心棠有禮貌的邊說，一邊起身往後退，「再見。」

男子直起身子，溫潤的朝她揮手道別，她保持微笑，拉開一段距離後轉身想快點離開。

「替我跟妳叔叔問好。」

喝！厲心棠倏地回首——他說什麼？

一股惡寒湧上，她繃著身子對上那依然笑著的男子，全身竄起雞皮疙瘩，匆匆的疾步走出小花園，回到腳踏車停著的大樓前。

余晴潔留意到有人走出來，瞧見是她時也吃驚，「妳也來了？」

「嗯，跟闕擎一起。」她正說著，仰頭看著闕擎從裡頭走出。

他一從玻璃門出來，看的是遠方那正在跳舞的女孩，神情相當嚴肅，「舞蹈家在那邊跳舞嗎？」

「對，現在是她的時間。」護理師點點頭。

「你知道？我剛看到時嚇一跳，她就是那個女生！」厲心棠一下就明白他們在說什麼了，「而且她的臉有燒傷，身上也穿著壓力衣。」

「對，她是火場中的倖存者，得說服她壓力衣是舞衣，否則她是千百個不願意穿的。」余晴潔泛起淡淡微笑，「妳看見她跳舞了吧，跳得不錯吧，一直在進步呢！」

「呃……跳得……是不錯。」想想對啊！燒傷病患能跳芭蕾已經很厲害了呢！

「爲了可以一直跳舞，她很認眞的做復健呢！」余晴潔眼神放得很遠，「幸好她還熱愛舞蹈，才能一直這麼快樂。」

厲心棠見闕擎走下，狐疑的看著他、這塊地以及余晴潔，這就是他跟余晴潔認識的原因嗎？

「那個活下來的女兒一直都在這裡？」

「嗯……火災後倖存，她就在這兒生活了，她叫何小雨。」闕擎淡淡的說著，「今年二十一，智力不足且伴隨精神疾病，但無害，就喜歡跳舞。」

「那能問出什麼嗎？」好不容易有個生還者，要怎麼問縱火者的身分呢？

「不必問，我想我知道火焚鬼是誰了。」闕擎瞥了余晴潔一眼，「妳還記得那、件、事吧？」

余晴潔深吸了一口氣，點了點頭，「房東一跟我說她名字時，我就嚇到了！」

「哈囉！」厲心棠覺得自己跟局外人似的，有點不爽。

「就妳與亡者接觸多次的感覺，縱火者能讓這個倖存者活下來嗎？」闕擎反問她，厲心棠即刻搖頭。

「我以為她已經死了！」

「對，所以那個人來了，到這裡，想殺人滅口！」闕擎重重嘆口氣，「四年多前的事？」

這裡？厲心棠簡直不敢相信，「你意思是說，縱火者追殺那個女生到這裡？」

「沒錯，四年半前左右，那時我就是負責照顧小雨！一般人不會願意接近我們醫院，所以我們大意了，沒想到有人會以家屬的身分混進來！」余晴潔現在想起來還後怕，「那天眞的兵荒馬亂，他讓所有患者都嚇到了，也逼得許多人發病，我們幾乎控制不住場面。」

「但也多虧了敏感的患者，那個男人不只要對小雨下手，他想燒了這裡！」護士長眉頭緊鎖，想起這件事也心有餘悸，「他在出入口灑汽油，是被一個有被害妄想症的患者發現的，我們對他們的反應都會有所回應，所以很快就察覺，要不然……如果眞讓他點了火……」

說著，護士長打了個寒顫。

「又想燒死人！他對火也太執著了！」厲心棠聞言只覺得氣忿，這是醫院耶！

「被發現後他就直接衝去找小雨，因為汽油味跟患者的歇斯底里，引發其他患者發病或恐慌，我們完全分身乏術，才讓他拖著小雨離開，而且他用小雨的性命威脅，我根本不敢、也不知道怎麼辦！」余晴潔說到激動之處，直接看向闕擎，「要不是闕先生——」

闕擎突地看她一眼，余晴潔才收了音。

「你在場？」厲心棠狐疑的問著，越過他看向後面的建築，「你對這裡很熟吧？所以也認識余晴潔。」

「我親人在這裡。」闕擎四兩撥千金，「那天我剛好在，一片混亂讓人心煩，結果我下樓看見一個男人勾著女生的頸子往外拖，一路拖到……那裡。」

闕擎指向厲心棠的身後，她回首，在這棟大樓前也是片空地。

「他打開整罐東西淋在小雨身上，小雨嚇得魂飛魄散，尖叫著喉嚨都要啞了，我也叫到沒聲，我一直求那個男人不要傷害小雨了。」余晴潔邊說邊絞著雙手，「但是他拿出打火機，我根本……我不敢上前啊！要不是闕先生，不知道還會發展成怎樣！」

厲心棠突然一震，「你見過那個人！」

百鬼夜行
第十章
火焚鬼

「我只是直接過去攔下他而已，他摟著小雨，身上也有酒精，眞點火自己也閃不了，我判斷情況後，直接衝過去推開他，拉回小雨罷了。」闕擎輕描淡寫的說著，但厲心棠可以想像當年的情況，「不過說眞的，我對那個人沒有印象，不重要的人我記他做什麼——但我記得他的聲音。」

令人厭惡的、自以爲是、想燒掉醫院還不以爲意的嗓音。

「就是那個火焚鬼嗎？」厲心棠激動的緊握雙拳。

闕擎點了頭。

火焚鬼？余晴潔陡然一怔，驚愕的看向厲心棠，他們在說的是跟上她的那個惡靈？之前燒死她家前房客的傢伙，正是當年那個——「天哪！小雨之前住在我租的公寓，全家遇事只有她活著，那天那個來殺她的就是縱火者，你們說跟著我的那、個？」

「八九不離十，我覺得是。」闕擎正在回憶前一晚，在私人土地上見過的模樣，那個火焚鬼生前的姿態。

「可是，可是如果他跟著我，不就表示他已經……」余晴潔一個哆嗦，那個縱火者死了？

厲心棠點了點頭，「對，而且可能死後附在打火機上。」

那個，在她廚櫃裡，間接害死她朋友的打火機。

「不不不……等等，那天他後來逃走了！他是嚇得逃離的。」余晴潔覺得極度不可思議，「所以後來他不但死了，還是被火燒死的，就成了惡靈？」

余晴潔努力想回想那天那個惡人手上的打火機，但她眞的沒有印象，雖然驚嚇不筆，但她當時眼神只放在患者身上。

「你們後來報警了嗎？警方都沒找到他？是不是就叫李成發？」

闕擎深吸了一口氣，略顯無奈。

「我們沒報警。」護士長說出了驚人之語，「大家都沒事，我們急著把汽油清除，安撫患者，而且先生說不會再有這種事，那個人不會再來了。」

不會再來了。闕擎眼眸略低，像是想避開厲心棠的靈魂拷問似的。

「你怎麼能確定他不會再來了啦？這很危險耶，這麼大的事都沒報警，你們心也太大了！」厲心棠抱著頭開始緊張的走來走去，「所以最後警方沒介入，也就不能確定對方是誰……」

「放心，小雨認得那個擄走她的男人。」闕擎這時倒接話了，「她說那是阿發叔叔。」

李成發、阿發叔叔，這幾乎是鐵板釘釘的事兒了。

厲心棠二話不說拿起手機即刻查詢這個名字，但名字太普遍了，即使關鍵字選擇火災或是失火，也很難找到資料。

「妳還特地跑來，辛苦了。」身後的闕擎正對著余晴潔，「不待在家裡，還要辦趴踢？」

「總是要顯眼點，我才能知道眞相。」余晴潔意在言外，認眞的向闕擎行了禮，「我從不知道鬼啊惡靈這種事，不過現在看來……該不會連我挑中那間公寓，都是冥冥之中有巧合吧？」

闕擎長長的睫毛闔了上，嘴角挑了抹冰冷的笑，「別信那種東西，過好自己的日子。」

余晴潔眼裡充斥著不滿，走向機車，「棠棠，我要先走了，謝謝你們喔！」

「啊？不謝！」厲心棠轉回身，「妳小心點喔！」

余晴潔只是回以微笑，又多看了闕擎一眼，騎車離去。上方護士長也轉身回到了建築物內，遠方的歌曲唱盡，又是一陣如雷的掌聲。

厲心棠放下手機，來到了闕擎身邊。

「不想說？」

闕擎深邃的雙眼看著她，搖了搖頭。

「好。那回到縱火犯身上，這名字太菜市場，而且很多火災也不會列出死傷者名單，不知道他在哪兒出了什麼事，只知道也是被火燒死的，不過至少有了名字，可以試著談談。」

「我知道他怎麼死的。」闕擎突然神祕。

「咦？你知道？為什麼？」厲心棠嚷了起來，不公平，「這就是你剛剛把我丟在馬路上的事嗎？」

「誰丟了，我們這叫分頭進行！」闕擎沒好氣的扶起腳踏車，「他是自焚而死的，他那只打火機本來在證物室裡，結果莫名其妙到了余晴潔的廚櫃中。」

這現實來得太快，厲心棠有點消化不良。

「他真的自焚？那、那天他擄走女孩時也沒在怕的吧？怎麼沒一起燒？」厲心棠又不舒服的起雞皮疙瘩，「誰愛火會愛到自焚啊？」

「妳真的相信縱火人是愛火愛到無法控制，所以非燒東西不可？」闕擎跨上腳踏車，「走吧！」

「要去找火焚鬼嗎？」厲心棠緊張的趕緊去牽車，「但現在擁有打火機的人是誰？余晴潔？不對啊，昨天她兩個朋友用打火機點菸才死的吧，這東西應該在……」

又是證物室？

「我餓了，除了冷掉的包子外，再買點東西吃吧。」闕擎調轉車頭，「走囉！」

「去哪兒啊？還野餐喔！」她不是在抱怨，因爲肚子也咕嚕咕嚕叫了。

只見闕擎晃了晃手裡的一串鑰匙，這件事從哪兒開始的，就從哪裡結束吧。

余晴潔家。

闕擎用余晴潔給的鑰匙打開信箱時，滿意的拿出裡面的打火機，動作俐落得沒讓厲心棠瞧見，而且她正在後面打電話，拜託同事替班，雖然她很常這樣搞事，但人緣好像很好，總是容易找到幫手。

他們拎著一堆香味四溢的美食進入余晴潔家後，完全被整間空氣的焦臭味掩蓋，難聞得令人掩鼻，最後只能說服自己，等等嗅覺會習慣的。

厲心棠聞著就覺得噁心，是因爲那不是只有物品燒焦、或是燒塑膠的氣味，絕大部分像是燒著人體、蛋白質與血液的味道，火焚鬼留下這種氣味的目的，才是令人作嘔的主因。

他們當自己家的把食物擺上桌，厲心棠還準備著餐具，泡了兩杯無論如何都有燒焦味的茶。

「吃飯囉！」她喚著站在窗邊的闕擎。

闕擎開著窗，外頭的風也無法沖散裡頭的氣味，厲心棠發現他是望著天空的，這讓她非常不安。

「上面有什麼嗎？是不是會出什麼事？」她來到他身邊，「今天有人也跟我警告留意天空。」

「哦？誰？」

「你不認識，但是……是個我覺得可信度有點高的人。」厲心棠探頭出去，把天看穿了還是只有烏雲。

「沒事。」他轉過身，明顯的顧左右而言他，「哇，我們會不會買太多？」

「你說要撐到晚上的，爲什麼？」她抱怨著走來，「我不相信火焚鬼那種等級要晚上才會來，而且萬一他在白天又動手燒房子怎麼辦？」

「暫時不會。」闕擎不知哪來的信心，「他下一個目標可能是余晴潔，或是擁有打火機的人。」

「那她還要開趴？」厲心棠眉頭皺得厲害。

「人生苦短啊，而且我想火焚鬼需要找個好理由來淨化對方。」闕擎從容動筷。

「需要嗎？欲加之罪，何患無詞！」看看余晴潔的朋友不就知道了！抽菸死刑喔？

其實，闕擎不認爲火焚鬼會對余晴潔下手，從頭到尾都不會。

他針對的是打火機的持有者，而不是住在這間房子的人，這間房子只是一個媒介，讓他將打火機傳遞出去罷了。

但他沒跟厲心棠說太多，她只要專注於做想做的事就好了，越多線索她只會越分心，什麼都想插一腳，簡直來亂的。

其實厲心棠不傻，這次闕擎的積極本來就有點詭異，加上那間精神療養院、四年半前救下何小雨、余晴潔與護士的態度，闕擎像是一本謎題，每一頁都是謎。

她認爲闕擎已經知道了她不曉得的事，而且有事瞞著她進行，但她相信闕擎，從認識以來多少件事都是靠著他才能完成！能看得見聽得見，能吸引魍魎鬼魅的他，是她的一大助力，而且他還救了她好幾次，上次甚至挨了一槍耶！她絕對百分之百相信他啊！

反正某些事她不懂的比較多，所以才要學習，在「百鬼夜行」裡，大家的呵護只是阻礙她，唯有自己出來碰撞，才有機會成長。

他們邊吃飯邊把幾件火災案情釐清，畫出關係圖，那些利用問題電器引發火災的沒辦法計算，但至少起點都是電器行、都是李成發。

「司機大哥看到的縱火案，我查了，是元其大樓，沒人死亡，但燒了幾戶人家，隨機縱火。」厲心棠從李成發的名字邊，延伸出元其大樓，「這是假設是他放火燒的前提，惡意縱火。」

「有的人看到火會興奮，也假定他就是這樣的人，不過我傾向他只是喜歡看火吞噬人命或是房子，不單單只是喜歡火燄。」闕擎在空白處指了指，「接下來找得到的就是和美住宅，一家五口命案。」

「暖風扇走火……」這件事沒有縱火，但卻是火焚鬼所爲，這個百分之百保證。

而且那些枉死的冤魂，現在還被困在原地，不得離開。

「別忘了那位司機大哥。」

厲心棠聞言下意識咳嗽，昨晚困在車子裡遭遇火燒車的情況實在難忘，她再畫了一台計程車，「對，這位大哥姓王，話說叫他的車送電器，你說電器行老闆眞的不知情嗎？」

案件查到最後，老闆是這樣說的，電器是別人訂的，飲料也是李成發買的，這種沒有實証的事怎麼說？

「當年鑑識人員最後發現汽油還是司機大哥自己的，上頭的指紋也是他的，最後司機大哥自然被定義爲自殺。」闕擎聳肩，「電器行老闆還告訴家屬不必賠那台音響咧。」

「到底誰會自殺還去接單載客？這邏輯不通啊！」厲心棠想到這樣結案就覺得莫名其妙。

「沒有他殺證據就只能這樣想，無結怨、隻身一人，監視器又不足，還有目擊者看見他車子不穩，自行駛入偏僻點。」闕擎無奈的拿過另一盒炒麵，「最絕的是，燒完後天降大雨，把能有的跡證一起沖掉了。」

有時人作惡，連天都會幫一把。

厲心棠不滿的在計程車上畫了一個大紅×，「再來我們知道的就是這裡的前住客，小雨的家人——認識的。」

「小雨叫他叔叔，如果正如妳所猜測，她當時有看到進屋的李成發，自然不害怕。」闕擎沉吟著，「是有多熟？能夠進到這屋子裡？再放火？」

「連樓下都進得來，他絕對有鑰匙。」厲心棠朝陽台的方向看去，有些不快，「他們在躁動嗎？感覺不太高興。」

亡者的情緒過於波動時，厲心棠也會有感覺，闕擎朝陽台那兒望去，現在他反而看不見。

「我吃飯也不想配太多亡靈，暫時看不見……生氣嗎？」他突然加深呼吸，「焦臭味又來了，看來火燒得更旺了些。」

明明該入芝蘭之室，久聞不得其香的，味道加強就表示有問題了。

「熟悉的人啊……我只知道有人欠他們家錢，妻子一直很急著想把錢拿回來，但老公似乎比較不敢要，還提到……」厲心棠突然啊了聲，「說欠錢的人很凶狠，他怕要得急了，對方會對他不利！」

該不會……這個人就是火焚鬼吧？

「只能猜測，但至少確定是那位李成發下的手，他沒料到的是女兒會活下來……」闕擎看向現在的倉庫，「女孩聽話關在房間裡，完全不敢出來，最後嗆到受不了，選擇跳窗逃生。」

「啊……好可憐，還燒傷了！」

「嗯，因爲隔壁也一起失火，她爬窗戶時恰巧隔壁爆炸，她被波及後掉下來，送醫時除了燒傷外還有骨折，但終究是撿回一條命，這就是李成發沒算到的吧！」

所以，當何小雨移轉到療養院後，他才大膽的潛入，因為女孩認得他；就算沒人聽得懂她在說什麼，他也不能冒險。

甚至，還想乾脆燒掉整間療養院。

厲心棠在上頭寫下何小雨一家人，再畫上一個紅色大×，往後延伸的便是現在的洪艾如、元寶、阿竹等人了。

「打火機為什麼會出現？」闕擎轉向右後上方的廚櫃，「是惡靈的力量，還是有人故意做的？」

「不是說是證物嗎？」厲心棠咬了唇，「不過具力量的靈體要移動物品並不難，如果他真的附在上面的話。」

「嗯，的確……」闕擎重新回到本子上，「看，每件事都想推給火，什麼喜歡火，無法控制，都是藉口——惡意在電器裡動手腳是故意要傷人性命，這是殘虐；燒死計程車司機是滅口；殺掉何小雨一家也是為了債務——他只是給自己理由而已。」

「這樣的人卻成為惡靈，然後為洪艾如安一個骯髒罪、元寶跟阿竹去喝個酒就說冷血不照顧朋友……他是怎麼成為惡靈的啊？」厲心棠氣急敗壞的嚷著，

「他被火燒死我會說活該，那些被他害死的亡者就算不敢找他算帳，地獄的人也可以出手啊！」

闕擎拿著筷子的手略微震顫，但細微到厲心棠沒有察覺。

爲什麼他會成爲惡靈？

「被他害死的人應該是被成爲惡靈的他關住了，他非常黑暗，殺氣戾氣都太重……現在的他更加享受火焚人的快感吧。」

「啊對！他是自焚死的對吧！」厲心棠突然想起來，「你怎麼知道？」

闕擎從口袋裡摸出了打火機，「因爲這個，在兩年前一具無名焦屍邊，應該就是他的。」

唰！厲心棠嚇得站了起來，「打、打火機？爲什麼它在這裡!?」

闕擎把它擱到桌上，一派自然，「有這個，還怕他不來嗎？」

「爲什麼？你怎麼拿到的……這應該在酒吧火災的現場。」厲心棠緊張的看著打火機，再看向闕擎，「那怎麼知道那具屍體就是李成發？」

「我有朋友幫我拿來的。至於李成發？哈囉，火焚鬼是附在這上頭的，還能有誰？」闕擎挑了挑眉，這需要問嗎？

「對厚……」厲心棠望著那打火機緩緩坐下，「那樣的人，眞的會自焚嗎？」

不會。

闕擎閉上雙眼，厲心棠推測的沒有錯，如此殘忍自私的人，怎麼可能會選擇自焚的路，若非不得已……他喜歡的是看著火燄燒毀他人，而不是自己。

看著漂亮的側臉，闕擎長得眞秀氣，睫毛都比她還長，實在很扯，但看著他都會泛起微笑。

「你把打火機弄來，就是爲了引火焚鬼來對吧？」她沒好氣的問著，「至少告訴我，你這次這麼積極是爲什麼？」

「嗯？」闕擎認眞的轉頭看著她，「因爲我眞的很討厭這傢伙。」

厲心棠緊緊皺眉，「因爲他要害小雨嗎？」

闕擎頓了兩秒後，才認眞的點了點頭，就當作是這樣吧。

騙子。她又不傻，闕擎明明是剛剛才知道李成發就是當年那個縱火犯的好嗎！算了，這個一堆謎的傢伙，不想說她才不想逼，小狼說過，大家都有不想爲外人道的事情，何必逼人家說？

「你覺得我們告訴他身分後，他會收手嗎？」

「不知道，得看他死後的人品怎麼樣了。」闕擎略微睜眼，「希望他想起死前的痛苦，能夠活得像個人點。」

只能這麼希望了。

端著啤酒的手微微發顫，余晴潔一雙眼失了神，看向遙遠之處，連魂都不在這兒的模樣，一旁的劉卉音跟庭喜都在做準備，兩人早穿上了褲裝，而且規劃著等等可以用的東西。

她們選擇在庭喜住所開趴，光明正大的出現，余晴潔先去找劉卉音、卉音再開車過來，這一切都是巴不得那個渣男能發現。

「小潔？」劉卉音喚著，「余晴潔！」

「啊？」余晴潔嚇得回身，「什麼？怎麼？」

「妳恍神了啊！在害怕嗎？」劉卉音嚴肅走來，「我們在，妳別怕。」

「他會不會來啊？」庭喜已經一副要出征的樣子了。

「我其實不希望他出現。」余晴潔難受得喉頭緊窒，「千萬不要是他。」

她會逃離渣男前男友是有原因的，交往前是個好好先生，但交往深入後卻覺得他相當自我，而且偏向變態，只要誰冒犯了他，開口閉口都是「如果說要殺了他，他就不敢這樣了」，或是「如果他知道這樣對我會生不如死，他就會禮貌了」。

雖然是一堆馬後炮，但她聽了還是會不舒服；接下來被他威脅的日子中，她明白了他說的生不如死就是指焚燒，放火燒毀她的臉、或是燒她的身體，因爲燒傷患者的人生會非常痛苦且辛苦，他認爲這才是貨眞價實的折磨。

抓到害蟲後他都喜歡用火烤，說最喜歡聽那種劈啪聲與高溫導致身體爆裂的場面，一直很想活燒野貓野狗。

所以，當闕先生意有所指的表示艾如的火災原因時，她第一時間就想到了他。但她眞的希望不要是他，如果艾如眞的是他放火燒死的，那就是她的罪孽了！

「我倒希望他出現，可以狠狠揍他一頓！」劉卉音恨得牙癢癢的！「確定洪艾如那棟有兩個起火點了，無論如何就是有人刻意在一樓縱火！阻斷所有人的逃生！他之前不是一直說要燒死安安，妳才拿來給我養的？」

安安，是她之前養的貓，他卻討厭貓，最終威脅如果再讓他看到貓，他要活活燒死牠，她才嚇得把貓託付給劉卉音。

「按照他的個性，應該是會守著我們吧！所以那天才會跟到百鬼夜行。現在我們聚在一起，我不認爲他會錯過。」庭喜鋁棒都準備好了。

她們在庭喜家聚會，因庭喜住在大學附近，非社區建築，門禁都是電子卡，但說眞的只要跟著別人進去就行；出入口只有一個，如果那男人要報復她的話，就會再出手……其實就算非縱火者，他一樣會跟蹤監視，但拜託不要是縱火犯！

她們打算稍晚時到一樓去等待，能抓現行更好。

「我現在很怕萬一失手的話，會不會引起更大的災禍？」余晴潔緊張的是這點，「這一棟住戶不少。」

「有灑水設施，也有滅火器，我會用！」庭喜拍胸脯保證。

余晴潔默然的點點頭，她能做的只有這些……她眞的沒想到因爲她死了這麼多人，就因爲一個打火機、因爲她搬進了新的公寓，即使不是她親自下的手，但還是因爲她害死了朋友，還有一棟大樓裡的其他七十三人啊！

我不殺伯仁，伯仁卻因我而死！看著自己的雙手，她都覺得染滿了鮮血，聞著自己的身體，彷彿都充斥的焦臭味。

她只想問，究竟爲什麼？

噠！七彩光芒從打火機中冒出，闕擎仔細的點燃滿地的蠟燭，余晴潔的公寓即使關上燈也明亮異常。

「哇……」厲心棠看著燭火搖曳，閃亮動人。

滿地滿桌都立滿了蠟燭，這是闕擎下午突然去採買的，他們把傢俱搬開，將蠟燭立好，再一一點燃；即使厲心棠不停的打著寒顫，因爲在這間屋子裡被燒死的亡者正陷入極度恐慌，這份情緒也感染著她。

「亡者們在恐慌，一直想阻礙我們。」厲心棠搓著雙手，這雞皮疙瘩竄得她不舒服。

「是啊！」闕擎抽空抬首，一個女性焦屍正歇斯底里的拽著厲心棠，「走開！躲回你們的房間好嗎？」

女人轉了過來，激動的張大嘴吼著，『住手！你會把這裡燒了，他會燒了我們！』

鬼哭神號的喊著，她臉上燒乾的肌膚片片剝落，肌肉血管也早成焦炭，只能成爲炭渣罷了。

闕擎沒理她，他們把傢俱都撤得很開，之前余晴潔的用電觀念就相當好，不使用的物品都是拔掉插頭，延長線也不使用過量，周遭亦無易燃物，他們依樣照做，而且撤得更乾淨。

「其實火焚鬼眞的要燒掉這裡也不是難事對吧？」厲心棠的心其實都一直懸著，因爲她體驗過被燒死的過程，眞的太痛太可怕了！「燒掉我們……」

「不會的。」闕擎打斷了她的憂心，「妳有護身符，不必太擔心。」

厲心棠看著手上的戒指，叔叔給她的，眞的會有用嗎？可是昨天在計程車裡時，她還是被嗆得很慘啊！

「你呢？」

闕擎沒有立即回答，而是靜默數秒後卻勾起一抹笑，「這妳就更不必擔心了。」

到底哪來的自信？厲心棠看著燭火照亮的臉龐，闕擎這次眞的非常非常奇怪，避之唯恐不及的態度變成積極迎戰，而且他看得見但並沒有靈力，現在卻沒有害怕的氛圍。

「啊……」他突然往窗外看，「妳要記住，無論如何都不要站在我前面。」

「什麼？」還沒得到回答，厲心棠就感受到一股熱浪來襲，她緊張的後退到餐桌邊，看著一屋子的米白牆登時像被大火燒過般的疾速變黑，本該習慣的氣味加倍襲來。

那是大火燒烤人體的味道，厲心棠摀住鼻子，濃厚的血腥味瞬間衝進鼻息間。

全身燃著烈燄的火焚鬼從容而至，他的到來讓現場所有的燭火燒得更旺，彷彿在簇擁著他似的。

火焚鬼望著闕擎，還有他手上把玩著的打火機，『你拿了我的打火機。』

「嗯，那打算為我安什麼罪名？」闕擎退出了蠟燭的範圍，他那萬年不想摘的耳罩式耳機怕禁不住高溫。

火焚鬼環顧著公寓，總是有種似曾相識的感覺，朝泛黑的牆面走去，厲心棠下意識的就是離他越遠越好。

「你……你記得這裡嗎？」她趕緊出聲，「這間公寓、以及你為什麼挑上余晴潔？」

『是她選中了我。』火焚鬼隻手撫過牆面，牆似乎因為他的觸摸燒得更黑，『亂偷別人東西是不好的。』

「她住在這裡，東西擺在她家就是她的，拿下來不算偷吧！」聽到這理論厲心棠就火大，「你就只是為了想看人體焚燒而已，變態！」

火焚鬼瞥了她一眼，卻咧開嘴滿意的笑了。

『是，太美，太美了！』他陶醉般的說著，『看著原本光滑的肌膚一吋吋燒乾、斑駁，成了黑色焦硬，溫暖的內臟都被蒸發，美醜富貴在火面前全部都一樣，貪婪罪惡也都會被淨化得徹底。』

「那你呢？你淨化了嗎？」厲心棠緊握飽拳，「李成發？」

仰頭正陶醉的火焚鬼愣了一下，緩緩正首，看向眼前的一雙男女，『誰？』

「李成發，你的名字。」闕擎再往門口移動幾步，「或者這幾個名詞記得嗎？來運電器行？王姓計程車司機？張家一家五口？以及之前住在這裡的何小雨一家？」

火焚鬼身上的火開始擺動，彷彿象徵著他的情緒，厲心棠見過那種模樣，許多亡者眞的是不記得自己生前的事。

記憶緩緩湧現，火焚鬼記得電器行裡的電器，他刻意拆開來換成老舊電線、換零件，爲的就是製造短路！甚至連延長線他都拆開動過手腳，跟客人說這個插好插滿都沒關係……他就期待著，誰家走火那天，可以因爲這點小火星引發出致命火災。

所以一家五口他記得！啊啊，是了！

『姓張的一家五口，在那塊地的人，那是我的傑作，暖風扇啊！』火焚鬼想起來了，『他們是實驗成功的代表，我終於知道要怎麼樣可以快速製造短路並且讓火星更大。』

當然，還得搭配不良的延長線使用習慣，以及附近的易燃物。

「你沒良心的嗎？一家五口就這樣被燒死，純粹爲了你的實驗？」厲心棠簡直不敢相信。

『我就是爲了這個啊！我一直都在關注著新聞，聽著消防隊的聲音，我那天還在樓下見證他們的死亡！你知道那有多美嗎？』火焚鬼闔上雙眼，陶醉使得他身上的火燒得更大了，『一台家電，就可以讓火燒毀好幾間屋子，黑煙傳出的窗戶裡，依然可以看見明亮的橘色，我一直站在樓下，心情激動得難以形容啊！』

變態啊！厲心棠突然感到不妙，李成發想起來了，但是他沒有一點受到打擊的樣子耶！

「你不只使用電器吧，之前就曾對機車縱火，結果被計程車司機看見了？」厲心棠刻意問。

啊，啊，計程車司機！火焚鬼激動大笑起來，『是！對！那些在店裡對我不禮貌的客人，我就到他家樓下放火，我燒機車，再讓機車的火勢堵住出入口，我想要站在第一排觀賞盛景，卻發現我被看見了！那台計程車可以說是我的進步！音響裡我放了定時起火裝置，用的還是原本的零件，根本不會有人發現！』

「但是，是你在司機大哥身上澆汽油的。」厲心棠直指錯誤，「他並不是因為什麼定時裝置被燒死的！」

殺氣頓時襲來，火焚鬼凶惡的瞪向厲心棠，為什麼這個女孩會知道？

『這件事不應該有人知道，他被判定自殺的！』火焚鬼身體變得龐大，不知道是身形的增長還是火勢，『那場大雨洗刷了一切。』

厲心棠有種覺得身體被燒到的痛感，嚇得顫動身子，闕擎立刻一個箭步擋到她面前，這火焚鬼的力量的確不容小覷！

他甚至不需要用火，用熱就能蒸發他們了！

「世界上沒有什麼事是毫無破綻的，不過你終究成功了，拐了老闆叫車運送電器、還讓老闆給他喝飲料嗎？很聰明啊。」闕擎趕緊扯開話題，「然後是……何先生是你朋友嗎？小雨他們家？」

朋友，火焚鬼震驚般的瞪圓雙眼，那個全身上下最雪白的地方！何正維跟他是同鄉，他到首都工作後幫了他不少，他們開店的日子過得去，就是可憐生了個智障女兒，但一直待他很好……只是……

『他不該跟我要錢的。』火焚鬼想起了生活困難時，老何借給他十萬元生活及房租，當時說好有辦法時再還，卻突然因為生意不好想跟他要錢了。

「那不是他借你的嗎？所以是你欠人家錢耶！」什麼叫該與不該。

『所以他貪財，眞糟糕。』火焚鬼說得理所當然，『這是他的罪，太愛錢了。』

什麼鬼啊！欠債還錢天經地義啊，別人借他錢想拿回來居然是罪？厲心棠眞心覺得這個李成發一開始心理就有問題吧！

「所以用火淨化嗎？你們關係很好啊，可以堂而皇之進入他家，有鑰匙？」闕擎指向角落，「先對那邊的除濕機下手，再引燃窗簾嗎？」

這兩個是什麼人？火焚鬼瞬間再變得更大了，不只是火，還是像巨人一般擴張，他做的這些，不該有人知道！

望向自己的雙手，火燄始終包裹著他，而他已經有著龐大的力量，而且還有深刻的欲望……燒，他想燒掉討厭的人、燒毀屋子，聽著人們的慘叫，看著火舌吞噬一切！

他想起來他是誰了！

『是老何不應該，他說過有能力時再還的，我就是沒有能力啊！世界上就是這麼不公平，他可以開店賺飽飽，我就只能在電器行裡做小雜工！』李成發的怒火助長氣勢，『還有那些貪小便宜的人們，又要便宜又要好的電器，天底下有這麼簡單的事情嗎？』

有，想要他就給，他給他們會走火的電器與插座，就看看他們要不要用那幾塊錢去換命！

「就因爲這樣殺人？」闕擎搖了搖頭。

『是火焱選擇了他們！我也是不得已的，我就是無法控制看火在燃燒的欲望！』火焚鬼端詳著全身上下，他現在也被火包圍了啊！『我能看火燒東西好幾個小時，看萬物成灰……淨化……』

「都是藉口！什麼淨化罪孽，你就只是個自卑又一事無成的人！」厲心棠怒從中來的吼著，「你討厭客人高高在上、你犯罪被目擊、你欠錢不想還，都用一堆藉口去合理化你縱火殺人，你才不是什麼因爲控制不了咧！你就是故意的！」

火焚鬼身上倏地噴出大量火焰，直接衝向了厲心棠。

「呀——」她反應敏捷的趴上地，但高溫還是燙得她哀哀叫。

前頭的闕擎速度也很快，他選擇朝玄關處後退閃躲，只要火焚鬼願意，他用熱氣就能蒸發掉他們身體的水分，活活蒸死他們吧。

「妳眞的很能激怒人耶。」闕擎熱得受不了，終於摘下耳機。

伸手往後遞，厲心棠趕緊接過。

她一直以爲闕擎是個音樂愛好者，所以才會始終戴著耳機，或是想遮掩些什麼……但是她接過耳機時才發現，耳機根本沒開機？

闕擎略撥了撥耳邊的頭髮，黑髮長蓋過耳朵上方，看上去沒有任何異狀，所以這耳機是裝飾品嗎？厲心棠看著手裡的耳機只覺得莫名其妙，他就是故意戴著無聲耳機的！

『不告而取謂之偷，有聽過嗎？』火焚鬼轉向闕擎，手一揮，地面的燭火幾要衝到半人高，『你認罪嗎？』

但燭火再高也燒不著什麼，他們早就清空了環境。

闕擎回頭看向厲心棠，再往身後的柱子瞥了眼，她心領神會的趕緊往柱子後躲去……闕擎能做什麼？她望著手上的戒指，要也是她當坦才對吧？

他卻一派輕鬆的又撥了撥前髮，纖細的他這動作看起來眞好看。

「你以爲可以燒死全家人，但沒算到那個小雨跳窗逃生了對吧？」他看著龐大的火焚鬼輕聲問著，「所以你到醫院去，還想順便燒掉醫院，讓幾百人陪葬嗎？」

火焚鬼睨著闕擎的雙眼圓睜，倏地往倉庫的位子看去……那個智障女孩，喜歡拉著他跳舞的女孩，那天他走進這裡時，第一個發現他的女孩。

他想著一把火能把這裡燒盡，甚至在門口潑灑汽油斷他們一家生路，的確不在乎女孩是不是瞧見了他……但她卻活下來了！一個智障怎麼知道要跳樓啊！他必須滅口，因爲女孩看過他啊！

「所以，你是怎麼變成這樣子的呢？」闕擎幽幽問著，「李成發，你可是火焚鬼啊，火焚鬼就是被火燒死的人，你跟被你害死的人其實都一樣！」

他是怎麼死的？李成發望著全身燃火的自己，是啊，現在這模樣，他是被火燒死？

『我不是被燒死的！不可能！我是因爲喜歡火，才讓我能操控火，就爲了能盡情淨化你們這些人！』一屋子燭火隨著他移動，像補給能力似的，他隨手撫上沙發，沙發即刻燃燒。

闕擎直接從腳邊操起滅火器，朝著沙發就是嘶——

「不好意思。」火苗秒被噴熄，「這別人家裡，你收斂點。」

『哈……哈哈，你拿那種東西？』伴隨著狂笑，火焚鬼冷不防的朝著闕擎衝來。

闕擎立刻向後繞到柱子後，再往右跳上餐桌，厲心棠則還是背貼著柱子後不敢妄動，拼命揮著手朝他使眼色：讓她坦吧？

餐桌就在沙發後方，這樣的移動成功的讓火焚鬼視線從左再回到右邊，看著兩點鐘方向高處的男孩……站這麼高，也不過與他平視罷了，毛頭小子。

「你是怎麼死的？想起來了嗎？」闕擎大聲的問著，「綁何小雨逃走後，你做了什麼？」

『我燒死你！』火焚鬼大手一揮，手上的火皆飛出去往闕擎身上招呼。

他跳下了餐桌，看得厲心棠膽戰心驚，他想幹嘛啊!?

闕擎不進房間不進死路，就是在這客廳裡與火焚鬼周旋，但是看似要趨前捉住闕擎的火焚鬼，突然原地旋過腳跟，大手伸向了躲在柱子後的厲心棠！

「呀！」她措手不及，直覺性的蹲下身子，火焚鬼的手刀劈上柱子撲了個空！

不敢停留的厲心棠連滾帶爬的往客廳爬出，但火焚鬼隨便回身一邁腳，燃著火的手掌就朝厲心棠後腦杓伸去。

「喂！拿打火機的是我！」闕擎急忙高喊，還扳著打火機的開關，這人怎麼不按牌理出牌啊？

火燒得厲心棠的頭髮瞬間燒捲，但是在火焚鬼就要掐住她頭顱焚燒前，一股無形的力量明顯的將火焚鬼往後推開，同時也扯著厲心棠朝前滑去，一路滑到了窗邊的角落，與火焚鬼拉開了對角線的距離。

「哇啊！」根本刹不住車的她，直接撞擊牆角，哎喲喂呀的躺在地上。

而火焚鬼則是直接被推撞上餐桌，他一臉懵逼，完全不明白自己爲什麼會被推開，闕擎慶幸厲心棠的守護管用，否則那烈火直接朝頭部招呼，連他都不敢想像炭火燒頭的痛。

『你們是什麼人？』火焚鬼氣急敗壞的瞪向左斜前方的闕擎，『搞這些事，就是爲了讓我想起我是李成發嗎？』

「對，希望你不要再濫殺無辜，不要再製造火災了。」闕擎義正詞嚴，「你前天一口氣就燒死了七十四人！」

『哈……哈哈哈！七十四……哈哈哈！我才不敢當！』火焚鬼露出滿意的微笑，『我最多只能扛一半，另外一半有別人負責！那也是跟我一樣，極度熱愛火的人！』

果然兩個起火點，還有另一個縱火犯。

「你活活燒死洪艾如，另有人在樓下點火……變態眞是不嫌多。」闕擎眼尾瞄著開始燃燒的餐桌。

因爲火焚鬼的接近，木製的餐桌直接就燒起來了，踩在沙發上的闕擎，一點兒都沒客氣的手持滅火器，在火焚鬼離開餐桌之際，嘶的再度噴灑……但是火焚鬼對於滅火器的聲音卻極度厭惡！

『把那該死的東西拿開！』他大手伸來，直接握住了滅火器瓶，這鋼瓶導熱，闞擎可不傻，當即放下，跳下沙發，貼著牆移動。

中間是詭異大火的蠟燭圈，他要踏進去一定立即燒起來。

還有別人？站在屋子另一角的厲心棠只覺心慌慌，七十四條人命啊！

「到底爲什麼要燒死人？生前你的自悲就算了，洪艾如、元寶、阿竹這些人都跟你無冤無仇！」厲心棠怒不可遏的上前，「你都已經記得自己是李成發了，就該知道你不認識那些人！」

『我說過了！』火焚鬼的眼神裡是欣喜若狂，『我就是喜歡火，更喜歡人們在火中慘叫的樣子，我喜歡因爲皮膚逐漸焦炭化的慘叫，我喜歡他們肚破腸流的姿態！一個字，美！』

伴以咆哮，火焚鬼大手擊掌，火燄四射，拋遠了燒上厲心棠身後的窗簾，她長髮捲焦，驚恐的朝前躲離，卻正好迎向了目標轉向她的火焚鬼！

眞是打不怕耶！闞擎看著眼前的圓形燭火，他幹嘛非得點燃這些蠟燭，阻礙自己的路啊！抓過沙發上的墊子，闞擎朝著地上的蠟燭掃去滅火，有火焚鬼在，這些火燄自是生生不息，闞擎要的只是能閃躲開的時間，至少不要被燒到！

衝過了蠟燭火燄堆，衣角燃起的火被他輕易拍掉，然後滑步來到火焚鬼與厲心棠中間，左手往後不忘把厲心棠朝後推開。

他與火焚鬼面對面站著，中間只距離兩公尺。

「啊……」厲心棠踉蹌撞上牆，一抬頭便是恐慌，「闕擎！你太近了！」

高大的火焚鬼見獵心喜，張開雙臂，他要好好的把這小子擁入懷中，親自燒遍他全身每一吋！

「懷念嗎？兩年前我們也這樣面對面站著喔！」闕擎仰視著火焚鬼，一字一字說著，「好好想想，當年你爲什麼會自焚呢？」

自焚？

火焚鬼睨著眼前的男子，他自焚？他怎麼可能會做這種蠢事，被電到就已經很疼了，更別說被火燒，他知道被火燒有多慘烈，他是傻了才……兩年前，他見過這個男子對吧。

他在精神療養院外，好不容易抓到了何小雨，在她身上淋滿丙酮，但他沒有這麼蠢，那時點火他也會被燒到，所以他要拖著她離開療養院，先遠離那些麻煩的人後再拿落葉引燃。

對，然後有個人來了，他從階梯上緩緩走下來，就站定在自己面前……火焚鬼看著眼前的闕擎，那模樣、那姿態——

『啊啊……啊啊啊……』火焚鬼突然發出驚恐的叫聲，身上的火燄紊亂，燭火也再被他牽引，『不——住手！住手——好痛！』

痛？厲心棠看著火焚鬼全身開始扭曲，看向自己的身體，開始發狂般的撥掉身上的火，像是他被燒上似的。

火焚鬼，被自己身上的火燒疼了？

百鬼夜行
第十一章
烈火的悲鳴

來人在汽車裡遲疑再三，拿起手機看著手機桌面的照片，那曾是甜蜜恩愛的情人，現在卻已經全數變調。

「妳為什麼要這樣？我那麼愛妳，妳怎麼可以背棄我？」他看著手機，再抬頭看著眼前的七樓建築。

逃離他，換掉電話號碼，都是這群朋友幫她的，沒關係……當妳沒有依靠後，就會回到我身邊對吧！

如果不想回來，那也就不要回來了。

「在一起時要兩個人同意，分手也要。」他戴上口罩，拉上帽兜，將臉全數遮住，拎過了副駕駛座上的物品。

開門下車後，他並沒有筆直走向正門，而是繞到側邊去，那兒是這棟樓的車庫出入處，他想知道車子究竟能不能衝出火場呢？

拿出袋子裡的汽油，他澆淋在車庫的鐵捲門邊，接著拿出打火機，點燃帶來的一疊廣告紙，心跳開始加速，不知道為什麼，只要看到火舌冒出，他就會興奮異常。

將紙扔向車道，大火旋即而起，他想起前夜看著南原大樓燃燒的情況，看見有人在烈火中的身影，就會令他覺得狂喜。

情況不容遲疑，這裡失火很快就會被察覺，所以他奔跑到大樓前，先潑灑了停在外面的機車們，然後打算從門上的氣窗，扔進了自製的汽油彈。

唰！鐵門陡然打開時，他手上正準備拿出汽油彈。

而他的摯愛就站在他面前。

「汽油味……眞的是你！」余晴潔怒氣沖天，「洪艾如家也是你縱火的對吧？」

這一切讓他措手不及，爲什麼小潔會在樓下……不，他往裡頭看，劉卉音跟庭喜都在！

「你要做什麼？放火嗎？馬的！都是汽油味。」人高馬大的劉卉音一馬當先，直接衝向男人，袋子裡是什麼？

男人轉身就想跑，但劉卉音飛快的揪住他的背包，余晴潔也衝上去扣住他的身體，庭喜抓住左邊，一路把他往裡頭拖去！

不行！男人驚恐的朝遠處看，現在還看不到濃煙，但等等火就燒旺了怎麼辦？

可是他一個人難敵三個女孩，直接被拖進了樓梯間，一樓樓梯間有不小的空間，裡頭還停有好幾台機車跟腳踏車。

「我看看你帶了什麼！」庭喜一把將袋子扯開，抓起一瓶……「汽油彈？天哪！」

她隨意撥動，裡面居然有好幾瓶裝滿汽油的玻璃瓶！

「洪艾如家的火是不是你放的？」劉卉音不客氣的直接打上男人。

「妳怎麼可以離開我！」男人卻抓狂的大吼，推開了庭喜，一把揪過余晴潔的衣服，「妳是我女朋友！」

「我們分手了！」余晴潔尖叫著，「我跟你已經徹底結束了！」

「我沒有答應！怎麼能算！」男人發狂的眼瞪著她，「妳一直很愛我，又乖又聽話，都是聽了他們的蠱惑！居然無聲無息的逃離！」

「分手幹嘛要你答應，你這恐怖情人，打了小潔多少次！」劉卉音已經拿起手機，「現行犯，我們警局見！」

庭喜手持鋁棒，直指著男人。

「我不愛你，我怕你，你打我罵我威脅我，不然誰要跟你在一起？」余晴潔壓制住全身的顫抖，「我討厭你，你聽清楚了嗎！你還殺了艾如，我現在超級恨你！」

「她慫恿妳跟我分手的！我只是想給她一個教訓！」男人聽見身後的報警

聲，一驚，回頭轉瞬跳起，一把撞開了劉卉音！

「呀！」劉卉音沒有防備的被撞開，庭喜持著鋁棒由後追打，但男人卻突然回身，朝裡頭拋進了汽油彈。

不不不！余晴潔看著汽油彈朝著庭喜飛去，她趕緊上前推開她，這種東西不能揮棒好嗎！

汽油彈不偏不倚的敲上余晴潔的頭，裡頭的汽油瞬間噴灑而出，刺激液體讓她痛得閉上眼閃躲，好痛！

「別想走！」腿長的劉卉音追出去，很快的再度抓到男人，他們就在門口糾纏拉扯。

庭喜問余晴潔有沒有事，她只覺得臉好刺痛，接著男人被推了進來，她聽見有人倒地的聲音，還有那一袋瓶瓶罐罐的響聲。

「失火了！失火了！」

樓上突然傳來叫聲，大家都嚇了一跳！

余晴潔好不容易睜開眼，男人狼狽的就趴在她身邊，他心虛的瞥著她，戰戰兢兢。

「車庫那邊失火了！」庭喜重撥報警電話，「你居然先在那邊放火！眞的打算斷大家生路嗎？」

「把我殺了，我也不會再跟你在一起的！」余晴潔恨恨的瞪著男人，「你這種殺人犯！」

「啊啊啊——」他突然怒不可遏的撲向她，將她撲倒在地，劉卉音從外頭衝進，由後要架住他拖走。

男人抓狂不已，力大無窮，揮開了劉卉音，開始將汽油彈往樓梯上扔去，到處扔開。

「住手！」余晴潔抓住他的右手，「你瘋了啊！這棟的人跟我無關！」

「妳在這裡，怎麼會跟妳無關！」他猙獰的看著余晴潔，「妳要記住，這些人都是因妳而死的！」

他大吼著，又朝牆壁扔出剩餘的汽油彈。

然後他跳起來，凶狠的回頭跟庭喜拉扯，搶下她的鋁棒，反客爲主，瘋狂的擊打著她，上前的劉卉音一邊尖叫一邊與之對打，樓上的住戶開始衝下樓，聲音此起彼落。

「滾開！」男人一棒一棍將庭喜跟劉卉音打開，再度朝門外衝去。

但余晴潔，看見了他右手拿著的打火機！

「不——」她跳撲上前，由後緊緊的抱住了他，「你休想離開！」

「放開！」男人想扯開余晴潔的手，但她拼了命的抓住。

因爲她知道他的！他要趁逃出去時將打火機扔進來，現在這裡到處都是汽油，禁不起一丁點火星！

住戶下樓了，有人踩到汽油當即一腳滑空，劉卉音叫他們小心的快點跑，而男人拖著余晴潔往後頭的機車上撞，試圖讓她鬆手！

「不要過來喔！」男人倏地點燃打火機，「你們要是過來的話，我就放——」

他剛剛碰過余晴潔的手，而她的手上都是汽油。

火轟的一聲就燒起來了。

「哇呀——」住戶們嚇得往樓上跑，大火燒上了人的身子，眨眼間也燒上了余晴潔。

男人痛得想撥掉手上的火，激動的往前卻一腳滑倒，火舌燒上了地，立刻包裹住他的身體，火就像浪，一秒內漫延。

男人撕心裂肺的慘叫聲傳來，他疼得打滾，越打滾……火燒得越旺。

尖叫聲此起彼落，樓梯間瞬成一片火海。

「小潔！」

全身燃火的余晴潔還能聽見劉卉音她們的聲音。

「呀呀呀——」她痛得慘叫，「快走！都快走！」

消防車的聲音她已經聽見了，但是……火舌正燒灼著她的全身上下，這種活活被烤熟的痛，好痛啊！

他想起了一切。

李成發想起了當年他是如何將丙酮澆滿自己全身，如何自己用心愛打火機點火，自焚而死的！

那種錐心刺骨的痛實在太驚人，痛到他放聲慘叫，直想咬舌自盡！

『哇啊！——不可能！』火焚鬼抽搐著身子，竟踉蹌的退後，『我不可能會自焚，不可能！』

闕擎略抽了抹笑，「想起來了嗎？這只打火機在一具無名焦屍旁，但屍體燒得乾淨，找不到身分，也無人認領。」

『我不可能自焚的，我喜歡燒死別人，不可能燒我！那好痛，太痛了！』火焚鬼抬起頭，看向闕擎，『是你……你對我做了什麼對不對……』

「自焚的是你自己，少推到別人身上，反正你很愛火不是嗎？理所當然。」闕擎小心的上前，「我覺得你任意傷人是因爲不知道痛，但現在想起知道被火燒的痛苦的話……是不是可以停了？殺生嗜血對你不好，你只會一直往邪惡的路上走。」

『我……不管別人！』火焚鬼依舊顫抖著，『太痛了，對……但是我喜歡別人這麼痛而扭曲的樣子，原來如此，原來眞的這麼痛。』

突然間，他穩住了心神。

不好！闕擎立即止步，連連後退，眼尾往左手邊的玄關看去，手指悄悄指了過去，但身後的厲心棠沒在看，她只是緊張的發現燭火高到沖天了，這個火焚鬼的氣勢怎麼又回來了？剛剛不是慫了嗎？

「闕擎！」她到他身後，搭著他的肩，「他好像更邪化了。」

火焚鬼看向闕擎，眼神凌厲而血紅，『是你……一定是你對吧？害我自焚的人。』

「自焚是自己燒自己，關他什麼事啊！」厲心棠扣著闕擎的手，他往前走來了，「你站住！」

『我很喜歡現在的我，我可以盡情的燒死所有人，被我抱著的那女人是掙脫不了而燒成焦炭的，你們想知道我把火放進她體內的感覺嗎？呵呵呵……哈哈哈！』火焚鬼喜不自勝的笑了起來，『你們想知道……被煮熟的滋味嗎？』

餘音未落，空氣中的溫度開始升高，厲心棠立即感到難以呼吸，闕擎趕忙推著她往玄關的方向去。

不行……走沒兩步，連她都被這高溫燒得痛苦不已。

火沒有燒上他們的身體，但空氣的溫度變得越來越高，空氣裡的水分就要煮熟他們了！

『我會一直燒下去，呵……住在這邊那個女生，現在已被火愛上了。』火焚鬼突然向外看去，『你們什麼也做不了，我會讓這個城市陷入一片火海，我會徹底淨化這個骯髒的世界，大家都是人，憑什麼只有我痛苦？我悲鳴時無人聽見，那我就要聽見你們的悲鳴。』

啊！厲心棠與闕擎雙雙跪地，他痛苦的伸手握向她的戒指，喂！顯靈啊！剎！說時遲那時快，四周突然空氣密度改變，厲心棠與闕擎周遭的溫度陡降，沒有高溫沒有熱度，就像一般的空氣包圍著他們。

「呼……」厲心棠重重換了氣，「咳咳！咳咳！」

這威力可不比濃煙弱，太可怕了！一旁的闕擎趴在地上站不起來，他摀著心口，覺得內臟快開始熟了。

『什麼……有什麼東西在妨礙！』火焚鬼凶惡但不傻，他不敢貿進，『我不在乎你們，我要燒的是更多人，你們看著——』他指向遠方，『今晚，我就再帶走七十四人給你們看！』

唰——休休休休！

窗外突然抛進一堆鋼索後再往後抽，鋼索尾端的爪子抓住了窗緣，無數條繩子從天而降？天空？

「直升機？」厲心棠第一直覺是直昇機空抛繩索，不然雲梯車該是由下而上啊，闞擎沒說話，有氣無力的趕著她往牆壁去，他想靠著牆休息。

火焚鬼回頭看著那排鋼索，手上的火即刻想燒上它們。

又一陣風，眞是電光石火間，一抹影子直接從窗外盪進來，竟狠狠將火焚鬼踹飛。

「眞不好意思，本船這次只收一百個。」一個穿個格紋衫的男人驀地站在窗台，手上還拉著繩子，「你說七十四就七十四？這世界你說了算嗎？」

誰？厲心棠瞪圓雙眼看著不速之客，緊接著男人身後接二連三盪進了可怕的生物……不！那跟火焚鬼一樣，全是焦黑的人，渾身燒乾，多餘的脂肪都沒有留下，只是身上沒有燃燒中的火燄罷了！

焦人們行動卻非常俐落，輕巧溢進屋內，來到火焚鬼身邊，將他包圍住。

看起來跟一般人一樣正常的格紋衫男子轉了過來，「看起來很難纏啊。」闞擎喉頭緊窒，指向了火焚鬼，「他說要讓這個城市陷入火海，全數燒毀，他已經超出鬼的境地，是失控的縱火惡靈了！」

「哦，這麼狂妄……」格紋衫男子一腳踩上火焚鬼的身子，「你當我很閒是吧？你一直燒，那我不是就走不了了？」

厲心棠驚奇的發現，火焚鬼動不了！那個格紋衫男子看起來就跟他們年紀相仿，甚至還沒闞擎高，但一隻腳卻能踩住火焚鬼，讓其難以掙扎？而且火焚鬼身上所有的火燄都無法傷及那個男子的一分一毫。

「有趣，這麼喜歡自燃嗎？那好！」格紋衫男子帥氣轉身，「帶回去！當柴燒！環保的永續能源啊！各位！」

焦人們沒有廢話，有人手裡拿著勾子，唰地從火焚鬼的下巴刺入頭顱，朝著窗邊拖去。

『哇啊——啊——』火焚鬼痛苦的慘叫著，無論如何掙扎，均起不了作用。

一切乾淨俐落，焦人們拎著悲鳴的火焚鬼，連同繩索一道兒往上被抽回，轉眼間焦人或是火焚鬼都消失在他們面前了！

格紋衫男子輕快的重新踩上窗緣，抓住繩索時回頭看向他們，微微一笑！腳尖輕易一踢勾索，整個人帥氣的朝上飛離。

厲心棠跳了起來，直接追過去看，闕擎連拉都來不及拉！「厲心棠！」她跑到窗邊，看著窗緣留下的勾索痕跡，這是眞實的，不是幻覺……她抬頭往空中望去，在夜幕烏雲之下她卻什麼都沒看到。

「那是什麼？」她回頭問著闕擎。

闕擎緩步走來，屋內的燭火已恢復成原本正常的模樣，他也走到窗邊，此時天空突地一陣閃電，接著夾帶著雷鳴——轟！

「定下神，仔細看。」他指向公寓正上方。

又一陣閃電，銀色閃光照亮了深黑的雲層，一道又一道的劈著，直到天空中開始降下雨滴。

厲心棠瞪圓了雙眼，她瞧見了……在閃電照亮的雲層裡，有一艘船！

一艘緩緩往前移動的船，船隻朝著一點鐘方向駛去，那裡明顯冒著濃煙，她吃驚的指向彼方。

「那邊失火了嗎？」

「當然。」

一邊說，一邊拉開女孩的包包，把他的耳機重新拿了出來。再度戴上，這樣可以阻隔掉吵死人的雷聲、雨聲。

還有那艘船上的戰鼓聲與哀鳴聲。

注意天空是這個意思嗎？原來如此，今早在警局外的警告果然沒錯。「她」早就知道了船會來。

厲心棠釋然的笑了起來，「幽靈船哪。」

前天晚上，庭喜社區發生惡性縱火，但所幸傷亡不多，一來因為消防設施齊全，二來搶救及時，再加上突然一場傾盆大雨，及時止住火勢。

在這場意外中，縱火者燒死在裡頭，庭喜與劉卉音受傷，儘管車庫也被縱火，但有兩位路過的便衣警察及時搶救，手動的打開車庫門，讓許多學生得以逃生；加上各樓層都有灑水設施，除了在一樓的傷者外幾乎沒有嚴重傷亡。

但坊間再度出現令人不安的傳說，有許多人表示再度於天空看見幽靈船了，媒體便將近期的火災事故列出，發現加上最新社區火災的死亡人數，巧合的達九十八人，人們開始恐慌，因爲幽靈船的都市傳說歷歷在目，幾年前才發生過，傳聞至少要收集百名才會駛離，那還有兩個人會是誰？會再發生火災嗎？

余晴潔終究沒能回到自己的新居，她期待的新生會以不同的方式呈現，因爲她被燒得實在太嚴重了，雖然兩位便衣警察及時救了庭喜與劉卉音出去，但當他們進入想再救出余晴潔及前男友時，卻再也出不去。

最終便衣警察與前男友燒死在裡頭，靠近門口的余晴潔雖被拖出，但全身高達百分之八十的燒傷，命在旦夕。

至此，與打火機有關的人依舊無人能逃離火吻。

「李成發的名字已經給了警方，但當年那具自焚的無名屍燒得很徹底，不確定能不能比對出ＤＮＡ。」拉彌亞剛剛才跟他們警方的人聯繫，要僞裝得完美些，「但火焚鬼自己都說是了，應該沒錯。」

「他失蹤這麼多年，都沒人發現喔？」厲心棠半癱在沙發上，有氣無力的模樣。

闕擎坐在她身邊，他當然又是在情非得已的情況下到這裡來的。

唉，爲了十五次使用「百鬼夜行」之名的機會啊！

「沒有親人，遠親不在乎他的生死，唯一知道的是房東，但當作他跑路，房子早就清理後再租出去了。」拉彌亞聳了聳肩，「世界上還多的是即使消失也不會有人在意的人。」

知道名字後，查起來就方便許多，這種事託一般警察就能得知。

李成發個性本來就比較孤僻，父母基本上沒有結婚，他往返在父母間輪流住，他們便是能養活他就好，其他從未管教過，畢竟自己都難以過得順利了。長大後的李成發對電器很有興趣，常拆解電器學習，當然也沒少挨幾頓打。

因爲家庭關係，在校絕對是被霸凌嘲笑的一員，李成發從未與誰起過什麼爭執，總是默默忍受，沉浸在自己的電器世界中。

直到高中畢業，父親家的一把火後，他就離開了家鄉。

事實上老家那把火也是電線走火造成的，燒死了父親與其新女友，當天李成發住在母親的新男友那邊，逃過一劫。

輾轉在各處流浪，在許多地方打工，直到遇到了同鄉的老何，才帶他到首都，還爲他介紹工作，前去來運電器行，可以讓興趣與工作結合；只是老何的幸運生活總是讓李成發看了礙眼，要不是他有一個智能不足的女兒，他只會覺得人生不公平。

他的人生跟屎一樣，世界上每個人好像都能朝他踩一腳，每個人都過得比他好，誰都可以對他頤指氣使，每個人都能對他高高在上。

所以他開始在電器裡動手腳，從一開始有人東西燒掉回來找老闆客訴開始，他心情就會很好，因爲一口氣讓老闆跟討人厭的客人都苦惱；接著他開始針對某些自以爲是大爺的客人樓下縱火，直接點火比等待電器哪天燒起來更令人愉快。

當然他的技術依舊在精進中，他期待的不只是這台電器的燒毀，希望燒毀的是那些人的人生，火會吞噬掉一切，吞噬中的所有聲音，聽起來都像是美妙樂章。

王家一家五口是他的成就，他本就是個會追著消防車走的人，看著烈火燃燒，都會興奮莫名，當得知可能是自己的暖風扇導致五條性命的消殞時，他簡直陷入狂喜……王太太的態度超差的，要一台全新的暖風扇，卻說老闆都在賣二手改造品，還說他們賣出的電器很常出事，硬要老闆打折給她。

就在店面虛了一小時，老闆不勝其煩的點了頭，只想送走這難纏又貪小便宜的女人。

所以他遞出了他親手改造過的暖風扇，不知道那女人燒死在浴室時，會不會察覺到自己全家的命還不值那一百元。

計程車司機算他倒楣，他不能冒任何被發現的風險，簡單解決了他。

最後是不該跟他要錢的老何，錢借給他時說了有能力再還，他都已經過這麼爽了還貪財，所以再熟也只能道別。

電器行的起火的確是他改造的電器所引發，讓電器行老闆賠了一大筆錢，灰頭土臉的離開。

「所以什麼縱火欲只是藉口，他只是變態而已。」闕擎依舊堅持己見，「他享受的是燒毀人的過程。」

「應該不會有人認屍，因爲無名屍也沒有留下什麼物品，不能確定就是李成發，他的家人也不打算理。」拉彌亞聳了聳肩，「我想大家只能慶幸他自焚，否則不知道還要有多少人死在他手上。」

「一個喜歡縱火殺人的人怎麼會自焚？自焚後又是爲何直接轉爲惡靈？這不是很奇怪嗎？」

百鬼夜行中，厲心棠覺得這是最最困擾她的，跟從小到大受到的教育完全不同！一屋子的鬼，都沒人這樣跳級的啦！

雅姐與拉彌亞平靜的不予回應，昨天就跟她說不知道、這情況很難說，但丫頭還是執著；不過就在厲心棠低頭拿飲料時，她們卻不約而同的看向了闕擎。

他眼神盯著黑色的茶几，面無表情，平靜無波，那耳罩式耳機彷彿阻斷了所有聲音。

「幽靈船傳聞甚囂其上，據說統計出最近火災近百名了。」拉彌亞火速另開話題。

「是嗎？」一襲白衣的女人雲淡風清的說著，「幽靈船啊！」

「對啊！那個火焚鬼就這樣被帶上去了耶！」厲心棠略蹙著眉，「這樣是可以的嗎？」

「那就不是我們該管的事了。」女人將一杯飲品放到了闕擎面前，「闕擎，喝下去，對你的身體好。」

闕擎猶疑的瞪著桌上的白色飲料，他在「百鬼夜行」裡實在吃了太多奇怪的東西了。

雅姐，是「百鬼夜行」的老闆之一，也是厲心棠的……養母？總之，是「雅姐」與「叔叔」養大厲心棠的，深不可測到其實他完全不知道她究竟是什麼。之前都喜歡打扮成中國古風女鬼的模樣，今天倒是一反常態，穿著簡單的白色紗裙時裝，妝容大改，從清純變為豔麗。

「這是……」

「你內臟受損，喝下去能修復。」雅姐用一種溫柔，但：你最好給我喝下去的態度說著。

闕擎暗暗嘆口氣，一切都是爲了契約，說好這次幫厲心棠處理火焚鬼的事後，至少可以多十五次機會，對孤魂野鬼說出「百鬼夜行」之名，尋求幫助！他頷首道謝，還是硬著頭皮將白色飲料一飲而盡。

厲心棠看了很心疼，他受到的傷痛又比她重了些。

「余晴潔傷得很重，縱火者果然是她的前男友，她兩個朋友都有輕度燒傷，幸好及時被救出來。」厲心棠有點感傷，「沒想到，最後余晴潔還是逃不開火。」

闕擎默默點頭，余晴潔的情況並不樂觀，全身百分之八十的燒傷，正在劇痛的地獄裡、生與死中掙扎。

「妳沒事就好。」雅姐只在乎這個，「火焚鬼被幽靈船帶走我倒是樂見其成，永續能源，對方這麼說的嗎？」

厲心棠咬了咬唇，「聽起來很可怕。」

「很適合他啊！」雅姐冷冷一抹笑，「我會跟地獄通知一聲，這個惡質的亡靈就不需要管了。」

「他很爛，但被他害死的人也很無辜啊。」厲心棠有種最後誰都沒救到的感覺，「與打火機相關的人，最後被火燒了。」

「有些事是避不了的，接觸到打火機的時候，命運就已經決定了。」雅姐看著闕擎將空杯放下，滿意的一笑，「闕擎，放心，明天起床後，你就會舒服很多的。」

「謝謝。」

厲心棠轉向身邊的男孩，「你要去看余晴潔嗎？」

闕擎略帶詫異的回望她，搖了搖頭，「沒那個必要吧？我們並不熟。」

「還不熟喔？我以為她是你親人的護理師耶！」只是親人在精神療養院，余晴潔就有闕擎的電話，這還不熟？

「她不是。」闕擎避開眼神，「我跟她的確不熟。」

「……」厲心棠噘高了嘴，「那你要陪我去看她嗎？」

闕擎一點反應都沒有，答案看起來就是不要。

「妳現在只能在外面看她，她燒傷這麼嚴重，一般人不能進入病房，容易使她感染。」拉彌亞出聲緩頰，「我覺得等她好點再去比較好。」

好一點嗎？百分之八十的燒傷，都要截肢了，還能多好？

「那個打火機呢？」雅姐伸出了手，「我想處理一下，省得又有無辜的人受害。」

打火機？厲心棠立即看向闕擎，「你還帶著嗎？太危險了！是不是應該燒掉它啊？」

「已經被拿走了！」闕擎釋然一笑，「現在應該在幽靈船上了吧！」

昨晚焦人進入余晴潔屋內時，他們拾起了早掉在地上的打火機，動作俐落的彷彿那是他們的東西似的。

哦……雅姐跟拉彌亞對視而笑，不在人界她們就放心了。

「什麼時候的事？我怎麼都沒看到！」厲心棠惋惜不已，「不過這樣也好，省得又被誰撿到……結果最後也不知道是誰把打火機放在余晴潔家的。」

「大概一個月前有場火災，起火原因是捕蚊燈燃燒，屋主女孩曾去余晴潔那間屋子看房。」拉彌亞突然接口，「她使用打火機抽菸，房東卻突然回來，情急之下將打火機放進了正在查看的廚櫃中。」

厲心棠跟闕擎瞠目結舌，爲什麼拉彌亞知道？

「這是這次幽靈船的首位乘客。」雅姐失聲而笑，「嘴巴不必張那麼大，查一下就有。」

「所以打火機是她放的？」闕擎相當狐疑。

「是。」拉彌亞聳了聳肩，「但她怎麼拿到打火機的，就是個謎了。」

最終，有惡靈附體的打火機爲什麼會流出證物室，還是成爲了謎。

厲心棠看了一下時間，再瞄向闕擎，最終站了起身。

「我還是想去看余晴潔，不行的話看看她朋友也好，我想知道昨晚發生什麼事。」再看闕擎一眼，「欸，然後我想去看那個小雨。」

這句話終於讓闕擎有所反應，他抬頭不解，「妳去看她做什麼？」

「想讓她安心吧！那個會傷她的阿發叔叔不在了。」她肯定的點點頭，「事情不做個結束，我渾身不自在。」

闕擎沒有反對，但眼神裡的確透露著沒必要！

不過療養院就在那兒，他沒有權利阻止厲心棠前往，「約四點半在那邊吧！看完妳也差不多去上班。」

「好！」厲心棠朝門外走去，「雅姐，我等等直接去上班喔！」

「小心點。」雅姐微微一笑，拉彌亞立即跟上她走了出去。

闕擎不急著走，是因爲那十五次的引導機會合約還沒簽。

看著女孩消失在門口，等他正首時，眼前已經出現了契約本，打開來時，裡面也新增了一張全新合約，的確明文寫著十五次。

闕擎拿起筆來簽名，計算著自己現在還剩幾次的機會。

「百鬼夜行」二樓的大廳裡安靜非常，就剩他跟謎樣的雅姐，這美豔的女人依舊令人膽戰心驚。

「謝謝雅姐。」闕擎蓋上合約本，「那我也回去了。」

「昨晚余晴潔的前男友也葬生火窟了你知道嗎？」雅姐伸手拿過合約本，漫不經心的說著，「她跟兩個朋友原本要阻止他，結果全部卻慘遭火吻。」

「是嗎？我眞的不知道……不過死在自己放的火中，也算死得其所吧？」闕擎不覺得有什麼好同情的。

「每個人身上都沾上汽油，但是有兩個女孩卻在緊要關頭被人救出了，所以受傷不嚴重，但那位護理師跟前男友就沒這麼幸運了。你不好奇誰救人的嗎？」

「不好奇。」闕擎倒是實話實說，「總之該被帶走的便走了，剩下的都是命。」

「說得也是，只是覺得令人欷歔啊……」雅姐瞅著闕擎，「兩個便衣執法人員，就這樣因爲救人葬生火窟。」

闕擎不動如山，雖無直視雅姐，但也沒有任何反應。

他聽見樓梯跑上又跑下的聲音，遠遠的關門聲響，大家都知道厲心棠出門了。

「那我也該離開了，謝謝。」闕擎起了身，禮貌的道別。

「不舒服隨時可以過來，高溫蒸汽的確對你有所傷害。」雅姐突然一改嚴肅，轉爲溫柔口吻，「每次都麻煩你承受棠棠的任性，辛苦了。」

知道他辛苦的話，能不能勸厲心棠收斂一點呢？

這話闕擎沒敢說，在「百鬼夜行」裡，他說話得謹慎，一屋子魍魎魑魅、妖魔鬼怪，他區區人類無法抵抗。

雅姐令人不安的竟一路送他下樓，他也不好說不必送，戰戰兢兢的走著。

「厲心棠會一直這麼做下去嗎？幫助亡靈？或是……指點明路什麼的？」終於，臨出門前他還是問了，「請問各位有跟她明示過這件事並不安全，而且不是她的責任。」

突然間，眼前的雅姐、拉彌亞、天花板的亡靈、甚至整間「百鬼夜行」傳來深深的嘆息聲，似乎從上到下、連牆壁都在嘆氣似的。

「……我懂了。」這下連闕擎也一起嘆氣了，「的確，她差點被厲鬼殺死，被人類死亡要脅，好像也沒一點兒退縮的樣子。」

「棠棠會害怕，上次山裡的魔神仔讓她嚇得做了好幾天惡夢，我也以爲她會卻步，但是——」雅姐一臉無奈，「連我都不知道，她這份執著是爲什麼！」

在「百鬼夜行」裡，明明可以安然周全的度過一生啊！

「這就是個性問題了。」闞擎搖著頭，無可奈何的步出，「如果她可以不要每次都煩我——」

「棠棠就麻煩你了！」

話沒說完，送他出門的拉彌亞即刻打斷他的話，裝沒聽見的還深深一鞠躬。

闞擎僵在原地，張開的嘴就是吐不出剛剛想說的話。

馬的！「百鬼夜行」的人，個個都很奸詐！

臉部燒傷的女孩不知道聽沒聽懂，喔的一聲，便急急忙忙的推開厲心棠去跳舞了！那個聲樂家的阿姨仍舊站在高處歌唱，小雨賣力的跳舞，像綿羊般溫和的男人還是朝著她笑，笑到她毛骨悚然，今天手上拿著的是一束小白菊。

「她會懂的。」護士長陪在身邊。

「眞的嗎？」厲心棠相當遲疑。

「會的，其實那次事件後她很長一段時間都很恐懼，但我們都跟她保證阿發叔叔不會再來，我們大家會保護她。」護士長肯定的說，「萬一下次她再想起，我們就可以說絕對不會再來了。」

「如果她能都忘掉，就更好了。」厲心棠看著那快樂的跳舞身影，有時單純的世界也很令人羨慕。

闕擎也在一旁，依約陪她前來。

幾經掙扎，厲心棠還是開了口，「那個……余晴潔的事……」

護士長抽了口氣，眉頭緊蹙，「可憐的小潔，本以為是重生的開始，結果……還是被那個男人害慘了。」

「我昨天有去看她，我進不去，但是……」厲心棠想到就覺得疼，「她的狀況很不好。」

「我們有同事也去看過了，先等這段危機度過，她很年輕、身體素質好，熬過的機會很大。」護士長眼角滲淚，「但一旦熬過，就是要讓她選擇截肢或是……」

「或是？」

「放棄治療。」護士長說出了殘酷的現實，「她一旦截肢，未來的人生就是另外一回事；但不想截肢唯有死路一條。」

厲心棠瞬間就哭了出來，「天哪！她做錯什麼了！為什麼……」

闕擎看著哽咽的女孩，她還不懂吧！人不一定做錯事才會遭到不幸，相對的，做錯事也不一定會有不幸，這就是人生啊！

再寒暄兩句後，護士長還有工作要做，必須回去崗位，闕擎也提醒厲心棠該去上班了！

他們一起騎著車離開療養院，並著肩緩緩的騎下山。

「妳是余晴潔的話，會怎麼選擇？」闕擎突然問向她。

「咦？」厲心棠詫異極了，一時卻無法回應，「我……我不知道。」

「四肢截斷是一回事，還有可怕漫長又劇痛的復健之路，四肢的萎縮以及……」

「我會撐下去。」厲心棠趕緊回應，「我不會這麼輕易放棄的。」

「喔。」

「選擇撐下去很自私，我會拖累家人，必須有人花費金錢、犧牲自己來照顧我，我懂，但是……」厲心棠看著遠方，淚水自落，「我覺得我的家人會希望我撐下去。」

在這樣的前提下，如果她先放棄，那才叫自私對吧！

闕擎悄悄微笑，有家人的愛與期待，才能做出這樣的選擇吧！如果是他……呵。

「你剛去看過你親人了嗎？」她抹抹淚，因爲闕擎剛剛進去療養院中，而她依然不被准許進入。

「……看過了。」他輕聲回著。

沉默漫開，厲心棠下一句本想問：是誰？但是她想尊重闕擎，等到他願意跟她說的時候。

這個路口的紅燈有九十秒，尷尬的沉默使得一切格外漫長。

「對了，你是怎麼拿到打火機的啊？」厲心棠突然想到這個疑問，「應該在元寶案件的證物室啊。」

「我……也有朋友！他們幫我拿的。」

「咦？你在警界也有人嗎？」厲心棠喜出望外，「那下次有機會可以再請他們幫忙嗎？」

嗯，可能沒機會了喔！英勇的執法人員，雖然偷了酒吧失火案的證物，但後來救了這麼多人，說不定還是有機會進忠烈祠吧！闕擎看向橘色的晚霞天空，覺得今晚格外的神清氣爽，他緩緩回頭……是了，今天沒有人跟著他。

一時之間，還沒辦法那麼快派出遞補者吧。

綠燈亮起，他們踩著踏板往前，闕擎某方面還是很佩服厲心棠，這幾天的遭遇與嗆傷其實身心都不輕鬆，但她今天仍舊要去上班，直到三天後原本的排休，相當負責任的傢伙。

「好了，我往這裡喔！」到了大馬路口，厲心棠往右比，「你呢？」

「相反。」他比了反方向。

「再見！這次又謝謝了！不舒服記得來找我喔！」厲心棠揚起燦爛的笑容，趕著上班去了。

闕擎也調轉車頭，朝著反方向騎去，兩台腳踏車背對背越隔越遠，等到厲心棠又左轉後，闕擎刹了車，迴轉回到剛剛分手的大路口；確定眼界所及不再有厲心棠的身影後，他重新騎乘上山，直到穿過那滿是落葉的小徑，再穿過精神療養院的門口。

車子停到階梯下方後，他扛起腳踏車，一路踏上階梯走進了建築物裡。

護理師們朝他頷首，病患們或發呆，或朝他笑著，闕擎逕自走進電梯中，電梯直抵七樓。

一路走到廊底，站在白牆前，刷卡、指紋、再加密碼，白牆的暗門喀地開啟，他走了進去。

放下腳踏車的瞬間，身後的門自動關上，同時室內的燈亮起，他輕鬆的脫下外套，把包包掛上門後的勾子。

呼，回家了。

尾聲

深夜，飽受痛苦的女孩躺在床上，她的四肢都已經沒有感覺，但殘餘有知覺的部分卻痛不欲生，連流淚都奢侈，因爲淚水滑落臉龐時，也會帶來錐心刺骨的痛！

爸媽哭得泣不成聲，她自己知道情況很糟，醫生他們都在敷衍她，火燒掉她皮膚時痛得要命，濃煙讓她瞧不見，摔倒在地的她身上滾滿汽油，她知道自己被燒成這樣，她以爲就這樣死了算了。

但她活下來了，接下來要面對截肢活下去、開啓艱難的人生？還是放棄？

她的臉已經燒毀，全身沒有一塊肌膚是完好的，四肢都被截斷後她還能做什麼？復健之路會多生不如死又漫長，身爲護理人員的她當然知道！但只要想到如果在這裡放棄，家人會如何痛苦？而那個渣男混帳又會多得意？

他就是想要毀掉她的人生對吧！這種人，比那火焚鬼來得可怕多了！艾如的人生、她的人生都被他毀了！

房門被開啓，余晴潔正激動的呼吸急促，巡房的醫生掀開簾子時，她闔眼想假裝睡著，但淚水不自禁的流著。

「很痛吧？」

一股怡人香味傳來，余晴潔驚訝的睜開雙眼。

不是醫生，而是那紮著一頭金髮、穿著雪白襯衫的男人，正在她的病床邊看著她！

她震驚的看向外國的美男子，瞬間想到自己現在這副全身燒傷、綁著繃帶的模樣，立即痛苦的閉上雙眼。

「別這樣，妳在我眼裡現在也還是很美。」德古拉俯下身子，「看著我，余小姐。」

余晴潔緩緩睜眼，激動的看向德古拉，那個「百鬼夜行」的Bartender，爲什麼會在這裡？她因爲聲帶燒傷，難以言語，只能用眼神說話。

「妳想要活下去嗎？」碧藍色的雙眸彷彿能奪魂攝魄似的，正凝視著她。

她略微顫抖，眼神中卻露出堅毅，用力點了頭。

她要活下去。

「啊……果然很堅強，不希望前男友得逞，想向世界展示妳的決心對吧？」

余晴潔再度點了頭。

「很遺憾，只怕妳做不到了。」

嗯？余晴潔突地錯愕，這話什麼意思？她尚在困惑中，卻見俊美的男子欺身向前，竟直接吻上了她！

咦咦咦——等等！爲什麼？先不說爲什麼他會吻她，光是他出現在這個隔離病房就很奇怪了吧！

吻上她唇瓣的唇相當冰冷，余晴潔渾身上下都感到不對勁，看著男子再度抬首時，他正瞅著她溫柔的笑。

那雙藍色的眸子，生生在她眼前染上了紅色——不！不——

男人壓上她的身子，張大了有著尖牙的血盆大口，就著余晴潔的頸子咬了下去！

啊——不！驚恐瞪著天花板的余晴潔掙扎著，但她能做什麼，就是手腳些微的抽搐，感受頸間的疼楚，還有生命的流逝。

他說，他叫德古拉……原來不是騙人的！

不是……

「嘖嘖！」吃飽的德古拉優雅的舔舔嘴角的血，看著心電圖裡微弱的心跳，他當然會在她心跳停止前離開這裡。

躺在床上的余晴潔眼前已經看不見，但雙眼仍舊瞠大的看著天花板，他知道她還聽得見。

「我這是幫妳、幫妳家人解脫啊，不必謝。」他聳聳肩，滿足的笑了起來，「我說過我喜歡吃燒烤的。」

謝謝招待。

今晚天氣晴朗，數隻不該出現的蝙蝠在月光下飛去，而在月光下的雲層中，一艘飛船正在裡頭緩緩前進。

『第一百個！』船上有的焦人順利的收取到一百個靈魂，朝著船頭吆喝著。

船頭的格紋衫男子正悠哉的靠著船桅，聞言拿了根菸放入口中，手中把玩著龍騰的復古打火機，啪嚓點燃，七彩光芒點燃了菸。

『起航——』

後記

我平時喜歡聽一些古今中外的案件解說，雖然多半都是凶殺案，但偶爾也有縱火案，只不過這些縱火多半都是爲了湮滅證據而做的。

曾經聽過有人喜歡火，擁有縱火癖，會不可控制的放火？不過我在查詢一些資料後，發現放火只是行爲模式，但背後多半都帶有目的性——施虐的快感與興奮感。

硬說放火爲樂的人，多半都是欣賞人們慘叫、或是被火燒死的過程，與一些以殺人爲樂的反社會人格、精神疾病類似，只是手法不同，鮮少眞的有「無法控制的放火」的縱火癖。

所以火焚鬼便是由此發想而來。

火焚鬼其實有目的，不管是想要解決某人、教訓某人，或是當作自己對這個社會的反抗，總之就是刻意要傷人性命而做這件事，只是用放火的手法來掩蓋事實。

這本裡面有許多愛縱火的人，就是爲了給對方痛苦；恐怖情人也是很可怕的一環，雖然逃避很不靠譜，但遇到恐怖情人眞的好像只有逃得徹底才爲上策，保護令或限制令有沒有用呢？欸……我想很多社會眞實案件已經給了我們答案。

關於火災的相關事宜我之前在《幽靈船》的後記中有提過了，再次還是推一下「林金宏的消防天地」這個粉專，還有建議大家要建立火災逃生的正確概念、八字口訣「小火快逃濃煙關門」、懂得如何使用滅火器、電器要用有規章的，以及延長線不是萬能的，千萬不要插好插滿。

四年前寫《幽靈船》時提到火災，四年後想不到《火焚鬼》又寫了一次，不過刻畫的角度不太一樣，想著如果有個人眞的以放火虐殺人爲樂，死後又成爲惡鬼那該多可怕啊！

這一次有多描寫了我們耳機不離身的闕擎，神祕貴公子的住所也算大公開了，而厲心棠的人生經驗值也在逐漸累積中，總是在想，如果一個單純的人在歷經這麼多事件後，看待世間還能這麼純粹嗎？還會想繼續幫助人們嗎？

還是會走向失望，明哲保身呢？

這個她還沒告訴我，我也只能靜待她的變化了。

今天是二〇二一年的四月十九日，這個月初發生了悲傷的太魯閣出軌事件，大家都籠罩在悲傷之中；意外與明天不知道哪一個會先到，今天脫下的鞋襪，明天是否還能穿得上呢？

把握每一天、珍惜每一刻吧！

最後感謝購買本書的您，購書才是對作者最實質且直接的支持，沒有您們的購書，作者便無法繼續書寫，萬分感謝、銘感五內！謝謝！

笭菁

境外之城 117

百鬼夜行卷4：火焚鬼

作　　者／笭菁
企畫選書人／張世國
責 任 編 輯／張世國

發　行　人／何飛鵬
副 總 編 輯／王雪莉
業 務 經 理／李振東
行 銷 企 劃／陳姿億
資深版權專員／許儀盈
版權行政暨數位業務專員／陳玉鈴
法 律 顧 問／元禾法律事務所　王子文律師
出版／奇幻基地出版
城邦文化事業股份有限公司
台北市 104 民生東路二段 141 號 8 樓
電話：(02)25007008　傳眞：(02)25027676
網址：www.ffoundation.com.tw
e-mail：ffoundation@cite.com.tw
發行／英屬蓋曼群島商家庭傳媒股份有限公司城邦分公司
台北市 104 民生東路二段 141 號11 樓
書虫客服服務專線：(02)25007718・(02)25007719
24 小時傳眞服務：(02)25170999・(02)25001991
服務時間：週一至週五09:30-12:00・13:30-17:00
郵撥帳號：19863813　戶名：書虫股份有限公司
讀者服務信箱 E-mail：service@readingclub.com.tw
歡迎光臨城邦讀書花園 網址：www.cite.com.tw
香港發行所／城邦（香港）出版集團有限公司
香港灣仔駱克道 193 號東超商業中心 1 樓
電話：(852) 2508-6231 傳眞：(852) 2578-9337
馬新發行所／城邦（馬新）出版集團
【Cite(M)Sdn. Bhd.(458372U)】
11, Jalan 30D/146, Desa Tasik,
Sungai Besi, 57000 Kuala Lumpur, Malaysia.
電話： (603) 90578822　傳眞：(603) 90576622

封面插畫／Blaze Wu
封面版型設計／Snow Vega
排　　版／極翔企業有限公司
印　　刷／高典印刷有限公司
■2021 年（民 110）5 月 4 日初版一刷
■2023 年（民 112）7 月 19 日初版3.5刷

售價／320元

國家圖書館出版品預行編目資料

百鬼夜行卷 4：火焚鬼／笭菁著 .-- 初版 .-- 台北市：奇幻基地出版；家庭傳媒城邦分公司發行；2021.5（民 110.5）
面：　公分 .--（境外之城：117）
ISBN 978-986-06317-9-1（平裝）

863.57　　110005610

ISBN 978-986-06317-9-1
Printed in Taiwan.

※ 本故事內容純屬虛構，如有雷同，純屬巧合。

廣　告　回　函
北區郵政管理登記證
台北廣字第000791號
郵資已付，免貼郵票

104台北市民生東路二段141號11樓

英屬蓋曼群島商家庭傳媒股份有限公司城邦分公司 收

請沿虛線對摺，謝謝

每個人都有一本奇幻文學的啓蒙書

奇幻基地官網：http://www.ffoundation.com.tw
奇幻基地粉絲團：http://www.facebook.com/ffoundation

書號：**1HO117**　　書名：百鬼夜行卷4：火焚鬼

奇幻基地20週年・幻魂不滅，淬鍊傳奇

集點好禮瘋狂送，開書即有獎！購書禮金、6個月免費新書大放送！

活動期間，購買奇幻基地作品，剪下回函卡右下角點數，集滿兩點以上，寄回本公司即可兌換獎品&參加抽獎！

參加辦法與集點兌換說明：

活動時間：2021年3月起至2021年12月1日（以郵戳為憑）

抽獎日：2021年5月31日、2021年12月31日，共抽兩次

奇幻基地2021年3月至2021年12月出版之新書，每本書回函卡右下角都有一點活動點數，剪下新書點數集滿兩點，黏貼並寄回活動回函，即可參加抽獎！單張回函集滿五點，還可以另外免費兌換「奇幻龍」書檔乙個！

【集點處】（點數與回函卡皆影印無效）

1	2	3	4	5
6	7	8	9	10

活動獎項說明：

★ **「基地締造者獎・給未來的讀者」抽獎禮**：中獎後6個月每月提供免費當月新書一本。（共6個名額，兩次抽獎日各抽3名）

★ **「無垠書城・戰隊嚴選」抽獎禮**：中獎後獲得戰隊嚴選覆面書一本，隨書附贈編輯手寫信一份。（共10個名額，兩次抽獎日各抽5名）

★ **「燦軍之魂・資深山迷獎」抽獎禮**：布蘭登・山德森「無垠祕典限量精裝布紋燙金筆記本」。
抽獎資格：集滿兩點，並挑戰「山迷究極問答」活動，全對者即有抽獎資格（共10個名額，兩次抽獎日各抽5名），若有公開或抄襲答案者視同放棄抽獎資格，活動詳情請見奇幻基地FB及IG公告！

特別說明：

1. 請以正楷書寫回函卡資料，若字跡潦草無法辨識，視同棄權。
2. 活動贈品限寄台澎金馬。

當您同意報名本活動時，您同意【奇幻基地】（城邦文化事業股份有限公司）及城邦媒體出版集團（包括英屬蓋曼群島商家庭傳媒股份有限公司城邦分公司、書虫股份有限公司、墨刻出版股份有限公司、城邦原創股份有限公司），於營運期間及地區內，為提供訂購、行銷、客戶管理或其他合於營業登記項目或章程所定業務需要之目的，以電郵、傳真、電話、簡訊或其他通知公告方式利用您所提供之資料（資料類別C001、C011等各項類別相關資料）。利用對象亦可能包括相關服務的協力機構。如您有依個資法第三條或其他需要協助之處，得致電本公司（(02) 2500-7718）。

個人資料：

姓名：__________ 性別：☐男 ☐女

地址：__________ Email：__________

想對奇幻基地說的話或是建議：__________

FB粉絲團

戰隊IG日常

奇幻基地20週年慶．城邦讀書花園2021/12/31前樂享獨家獻禮！
立即掃描QRCODE可享50元購書金、250元折價券、6折購書優惠！
注意事項與活動詳情請見：https://www.cite.com.tw/z/L2U48/

讀書花園

請剪下右側點數，貼於集點處，集滿兩點即可參加抽獎